錄事巴托比

Bartleby, the Scrivener

赫爾曼・梅爾維爾

Herman Melville

余光中 譯

老人與海

THE OLD MAN AND THE SEA

歐內斯特・海明威

Ernest Hemingway

目次

導論

余譯鉤沉與新生

——寫在《老人與海》及《錄事巴托比》合訂本出版之前

單德興

三者合一，六譯並進：翻譯家余光中

余光中自高中起便對翻譯產生濃厚興趣，一九五六年起先後出版十五本譯作，二〇一七年辭世當年出版兩本，一為中詩英文自譯增訂三版的《守夜人》（1992, 2004, 2017），一為修訂新版的《英美現代詩選》（1968, 1980, 2017）。可見他對翻譯用情之深，用心之切，七十年來始終如一。

此次九歌出版社將余氏早年譯作《老人與海》（Ernest Hemingway, *The Old Man and the Sea*）與《錄事巴托比》（Herman Melville, *Bartleby the Scrivener*）合訂出版，是繼前二書以及《濟慈名著譯述》（2012）、修訂新版《梵谷傳》（2009）與王爾德四齣喜劇全集之後的另一件大事。余光中在簡體字版《老人與海》〈譯序〉指出：「我一生中譯過三本中篇小說，依序是漢明威的《老人和大海》、毛姆的《書袋》（*The Book Bag*）、梅爾維爾的《錄事巴托比》。」因此，本書出版不僅是余譯中篇小說「三分天下有其二」，而且至此其譯作大抵收歸九歌門下。

余光中身兼作者、學者、譯者，曾以「三者合一」自稱，並將詩歌、散文、評論、翻譯視為個人「寫作生命的四度空間」，交互作用，彼此增能。關於翻譯，他有許多發人深省的妙語，如：「翻譯是一門近似的藝術」（“Translation is an art of approximation.”）；翻譯有如婚姻或政治，是一門妥協的藝術；「譯無全功」（“Translation knows no perfection.”），總是存在著改進的空間。他既著且譯，對中文特別講究，多次為文糾正氾濫成災的翻譯體（translationese），批評其危害優美的中文，力圖撥亂反正，並提出「白以為常，文以應變」之說，主張在寫作與翻譯中可適度使用文言。

張錦忠因余光中在翻譯領域的多重貢獻而有「五譯」之說：「翻譯、論翻譯、教翻譯、編譯詩選集、漢英兼譯」。同為余門弟子的我，鑑於老師多年熱心提倡翻譯，再加上「提倡翻譯」，合為「六譯並進」，以推崇他對翻譯志業的熱心投入與多元發展。

譯無全功，精進不已：從《老人和大海》到《老人與海》

綜觀余光中的翻譯軌跡，可發現其中的變與不變。筆者討論他第一本譯詩集《英詩譯注》時，特以「一位年輕譯詩家的畫像」為題，指出此書於一九六〇年出版時，年方三十上下的余光中對譯詩的審慎用心，力求面面俱到。而閱讀他早年翻譯的小說《老人和大海》，也可看出一位剛出道的年輕譯者，如何有意藉由翻譯引介外國當代文學，並尋覓在台灣文壇的位置。

《老人和大海》是余光中第一部翻譯小說與報紙連載小說。與後來連載、出版的《梵谷傳》（Irving Stone, *Lust for Life*）一樣，表妹、當時的女友、後來的賢內助范我存都扮演了關鍵角色。正如《梵谷傳》原著，《老人和大海》原作也來自范我存，她因病輟學，大表哥常自美國寄來書刊，讓雅好文藝的表妹增長見聞，開拓視野。余光中常去探訪，一九五二年九月看到美國著名的《生活》雜誌（*Life* magazine）大手筆以一期刊完海明威這篇力作，非常喜歡，決定翻譯。此譯作也是他在台大外文系的畢業論文，後來更在《大華晚報》連載。之後海明威相繼獲得普立茲獎（1953）與諾貝爾文學獎（1954），足見余氏觸角的敏銳，鑑賞的能力，文學的熱忱，翻譯的投入與高超的執行力。

由於譯無全功，余光中只要有機會就修訂前譯，精益求精。以此書為例，前後就有三個正式發表的版本：

（一）連載版：一九五二年十二月一日至一九五三年一月二十三日連載於《大華晚報》，作者為「漢明威」，譯者為「光中」。由於年代久遠，少人知曉，甚至國家圖書館微縮捲片都欠缺兩回（一九五二年十二月三日、三十日的第三回、二十九回）。

（二）重光版：一九五七年十二月由台北重光文藝出版社印行，前有三頁〈譯者序〉；封面除了「海明威著」、「余光中譯」之外，並有漁夫駕小舟與馬林魚奮戰的插圖。

（三）譯林版：二〇一〇年十月南京譯林出版社的簡體字版，除了重光版序言之外，另加了一篇六頁的〈譯序〉。書名改為通行的《老人與海》，作者為「歐內斯特·海明威」，但序言不無遺憾地說，「其實我仍然覺得『漢』比『海』更接近原音。」余光中在接受筆者訪談時提到，「新譯本差不多修改了一千多處」，足證其審慎。

不為人知的是，連載版與重光版之間還有一個非正式的版本，姑且稱為「剪報版」，即余氏個人剪貼簿之《大華晚報》完整剪報，不僅補足了國家圖書館欠缺的兩回，更有譯者對連載譯文的修訂手跡，書名則改為《老人與大海》。

此書早期中譯史有一樁公案，涉及最為人知的兩位譯者余光中與張愛玲。余光中是看到一九五二年九月號《生活》雜誌後便著手翻譯，十二月初開始於報章連載，因此自認是此書第一位中譯者。同年流離到香港的張愛玲，為稻粱謀，看到報上徵求該書譯者啟事，前往應徵。主事者宋淇（筆名林以亮）看中張氏的文采與名聲，從此開啟張愛玲與香港美國新聞處的合作關係，以及她與宋淇、鄺文美夫婦的畢生情誼。張譯一九五二年十二月由香港中一出版社出版，譯者署名「范思平」，直到一九五四年海明威獲得諾貝爾文學獎，重印時才改用本名，並新增了兩頁序言，一九七二年改由今日世界出版社出版。由於余譯出書較晚，以致張譯成為最廣為人知的中譯本。

綜觀兩人的翻譯策略，張愛玲採用白話，余光中則文白並用。劉紹銘在〈《老人與海》的兩種中譯本〉中指出，「余譯喜歡夾雜文言文片語」，好處在於文體變化，「使讀者眼前一亮，精神一振」，而且「文字乾淨，省去許多婆婆媽媽的文藝腔」，但若過當，恐「有損海明威苦心經營的口語文體」。另從翻譯史的角度來看，張譯為冷戰時期美國文化外交政策下的產物，背後有香港美新處為贊助人（patron），余光中則只是剛出大學校門的文青與個體戶，勢單力薄，有如「以一人敵一國」。重光版譯序除了介紹作家與作品外，以相當篇幅指出原文中有一顆星的名稱有誤，若無相當的天文知識與自信，絕不會有如此作為。從第一部小說譯作的文白並用風格，以及善用譯序等附文本，都映照出一位早熟的譯者畫像。

分而復合，實現初衷：《錄事巴托比》

上述余譯與張譯隔海打對台，後來余光中也曾受香港美新處委託翻譯，《錄事巴托比》即是雙方合作出版的唯一小說翻譯，關鍵來自另一段翻譯因緣。

余光中就讀台大外文系時，台北美新處華籍人員職位最高的吳魯芹也在該系任教。吳將余氏譯詩推介給宋淇，宋淇當時正在編譯《美國詩選》，苦於找不到合適譯者，看到余光中的譯詩頗為激賞，力邀加入，成為最重要的生力軍，不論譯詩數量或詩人評傳，都以余氏出力最多，幾占全書一半。換言之，《美國詩選》開啟余光中與宋淇及今日世界出版社的關係，《錄事巴托比》便是後續合作的成果（至於余光中前往香港中文大學任教，宋淇為重要推手，則屬後話）。

余譯《錄事巴托比》的版本史雖比《老人與海》單純，但至少有兩個版本：

（一）純文學版：刊登於一九七〇年十二月林海音主編的《純文學》第八卷第六期（頁87-122），一次刊完，末頁有十個「譯者附註」（122），其後為余氏的〈關於「錄事巴托比」〉（123-25），註明「一九七零年九月於丹佛」（125）。

（二）今日世界版：一九七二年八月由今日世界出版社出版，為「美國短篇小說集錦（1）」（"American Short Story Showcase I"），採英漢對照。特別的是採大開本（長24公分、寬16公分），封面、封底和內頁收錄多幀劇照，類似當時香港流行的畫報或電影小說，譯註採腳註，沒有譯者的前言或後語。

此外，一九七五年八月該社出版《短篇小說集錦》，將《錄事巴托比》與「美國短篇小說集錦（2）」（"American Short Story Showcase II"）收錄的三篇小說合為一冊，尺寸縮小，英漢對照，封底介紹此書「大都是結構嚴謹、風格獨特、意旨深遠的作品。譯文由名家執筆，一字一句，都謹嚴有度，文采煥然。」余譯為第二篇（頁15-68），無圖，有腳註，無後記。

《錄事巴托比》出版後，一九七三年一月《書評書目》「雨田」（經查證應為陳森）發表〈評余光中的「譯論」與「譯文」〉，兼及兩個版本，對純文學版提出不少意見，結語表示：「但大體來說，余君的譯文還是相當優異的，比目下一般粗製濫造的所謂『翻譯家』的產品不知要好上多少倍」（76，楷體為原文所有）。文末「筆者附註」提到今日世界版：「本稿中所抽舉的一些闕失，已有三、五處經余君更正。這是一個非常值得欣喜的現象」（77）。由此可見余光中既能從善如流，接納別人意見，也有所堅持，固守自己風格，如譯文中的諸多中文成語，成為余譯特色，體現了「白以為常，文以應變」。

一般讀者印象中較深刻的《錄事巴托比》是圖文並茂、英漢對照的今日世界版大開本。遺憾的是，此版本一反該社介紹美國作家與作品的慣例，未納入余氏的〈關於「錄事巴托比」〉作為前言或後記。此文後來易名〈《錄事巴托比》譯後〉，收入《聽聽那冷雨》（1974），文末「附註」指出今日世界版「印刷精美，但校對略有謬誤」。直到將近半世紀後的今天，譯文與評介才再度在九歌版合體，實現余光中的初衷。

鉤沉之功，新生之效：合訂本出版之意義

無論獨力翻譯《老人與海》或受委託翻譯《錄事巴托比》，余光中都秉持認真負責的態度，努力譯介文學經典。巧合的是，這兩部譯作也是余氏有關美國小說唯二的翻譯，一為一九五〇年代初出文壇時翻譯的二十世紀諾貝爾文學獎得主之作，一為一九七〇年代盛年翻譯的十九世紀美國文藝復興時期經典作家之作，前書〈譯者序〉提到海明威的靈感應來自以海洋小說聞名的梅爾維爾之巨著《白鯨》（*Moby-Dick*），但後來選譯的卻是梅氏篇幅較短、截然不同的華爾街故事（《錄事巴托比》副標題為“A Story of Wall-street”）。至於他與香港美新處簽約要翻譯的梅氏海洋小說《比利・巴德》（*Billy Budd*）和《泰比》（*Typee*），前者完成約三分之一初稿，後者未見進行，成為翻譯生涯的未竟之業。

班雅明（Walter Benjamin）將翻譯喻為「來生」（"afterlife"）。海明威與梅爾維爾的名作不僅藉由余光中的生花妙筆在華文世界獲得來生，更因為修訂而不斷獲得新生。如今事隔多年，兩譯合訂重新出版，雖未能如二〇一七年的兩本譯詩集般由譯者再次修訂，但也有鉤沉之功與新生之效。本前言謹提供此二譯作各自的脈絡與不同版本的相關訊息。至盼讀者除了閱讀余氏雙絕的詩文之外，也能留意他始終如一的翻譯之道，體認他對自己尊奉為「第十位繆斯」的翻譯之熱愛與貢獻。因此，本書不僅是余譯出版的大事，也是余學的另一開端，更希望余光中全集能早日問世。

二〇二〇年六月二十四日詩人節前夕於台北南港

本文承蒙范我存女士、余幼珊女士、隱地先生、鄭樹森先生、張錦忠先生提供資訊並過目，謹此致謝。

*單德興，中央研究院歐美研究所特聘研究員。

老人與海

THE OLD MAN AND THE SEA

Ernest Hemingway

歐內斯特・海明威

譯序（二〇一〇年版）

我一生中譯過三本中篇小說，依序是漢明威的《老人和大海》、毛姆的《書袋》（*The Book Bag*）、梅爾維爾的《錄事巴托比》（*Bartleby the Scrivener*）。我譯的《老人和大海》於一九五二年十二月一日迄一九五三年一月廿三日在台北市《大華晚報》上連載，應該是此書最早的中譯；但由重光文藝出版社印成專書，卻在一九五七年十二月，比張愛玲的譯本稍晚。隔了五十三年，我早年的譯本現在交由南京譯林出版社出版，改名為《老人與海》，作者也改稱海明威。其實我仍然覺得「漢」比「海」更接近原音。

當年我譯此書，剛從台灣大學畢業，譯筆尚未熟練，經驗更是不足，實在相當自不量力。衡以今日的水準，當年的這譯本只能得七十分。海明威半生的專業是做記者，報導也以戰爭為主，所以他的文體習於冷眼旁觀。簡潔而且緊湊，句子不長，段落也較短。這種文體有意避免以主要子句統攝幾個附屬子句的漫長複合句，而代之以單行的Simple sentence，所以在冗長繁瑣的維多利亞體之後出現，頗有廓清反璞之功。我常覺得英文正如其他西文，是尊卑有序、主客分明的語言（language of subordination）；中文則不然，即使長句，也是由幾個身分相當的短句串聯而成，是前呼後應、主客不分的語言（language of coordination）。海明威的句子往往是一個單行句後跟另一單行句，中間只用

and來聯繫。下面是兩個例句：

The fish had turned silver from his original purple and silver, and the stripes showed the same pale violet colour as his tail. They were wider than a man's hand with his fingers spread and the fish's eye looked as detached as the mirrors in a periscope or as a saint in a procession.

就算在複合句中，海明威的附屬子句也往往簡短明瞭，例如：

They were very tiny but he knew they were nourishing and they tasted good. The old man still had two drinks of water in the bottle and he used half of one after he had eaten the shrimps.

這種乾淨簡明的句法，對詹姆斯（Henry James）與喬艾斯（James Joyce）誠為一大反動，可是拿來翻譯卻並不容易，正如陶潛的詩也並不好翻。

另一方面，海明威是陽剛體的作家，愛向敢作敢為、能屈能伸的好漢去找題材，筆下常出現戰士、拳師、獵人、鬥牛士。《老人與海》的主角桑地雅哥是古巴的老漁夫，在岸上他只跟小男孩對話，在海上只能自言自語，所能使用的詞彙不但有限，更得配合那一行業的口吻。所以翻譯起來必須對準其身分，不可使用太長、太花、太深的字眼或成語。這要求對五十多年前的我，反而頗難應付，其結果是譯得太文，不夠海明威。我也頗有自知，曾語友人，說我的中譯像是白手套，戴在老漁夫粗獷的手上。

五十多年後將此書譯本交給譯林出版社出版，我不得不抖擻精神大加修正，每頁少則十處，多則二十多處，全書所改，當在一千處以上，所以斷斷續續，修改了兩個月。新譯本力求貼近原文風格，但是貼得太近，也會吃力不討好。海明威力避複合長句，往往把一句話拆成兩句來說，所以第二句常以but或and起頭。此外，原文有許多代名詞，舊譯本無力化解，常予保留。後來經驗豐富，已能參透英語文法，新譯本知所取捨，讀來就順暢多了。

問題當然不止這些，其中一個仍來自代名詞，例如這麼兩句：The fish was coming in on his circle now calm and beautiful looking and only his great tail moving. The old man pulled on him all that he could to bring him closer.裡面的兩個his、兩個him當然都是指大魚，但是he卻是指

老漁夫，實在易生誤會。這不能怪海明威，只能怪英文的文法容許在同一短句之中用同一代名詞代表不同的人物。例如朱艾敦名詩〈亞歷山大之盛宴〉就有這麼四行：

The master saw the madness rise,
His glowing cheeks, his ardent eyes;
And, while he heaven and earth defied,
Changed his hand, and checked his pride.

第二、三兩行的his、he都指亞歷山大，但第四行的兩個his，前者是指樂師提馬歇斯，後者卻是指亞歷山大。《老人與海》之中，老人與大魚的代名詞都是he或him，為便於分別，我就把大魚稱為「它」了。

《老人與海》真是一篇陽剛、壯闊、緊湊的傑作。人際關係只在岸上，存於老人與男孩之間。但是海上的關係卻在人獸之間，人與自然之間。老人與大魚的關係，先是敵對，也就是獵人與獵物，但是大魚既被捕殺，綁在船邊，老人、小船、大魚就合為一體，以對抗來犯的鯊魚群了。至於大海呢，則相當曖昧，可友可敵，亦友亦敵。對於漁夫這種「討海人」說來，大海提供了獵場，提供了現捕現吃的飛魚和鮪魚，還有灣流與貿易風，但是灣流也潛藏了凶猛的鯊群，令人防不勝防。老人雖然獨力勇捕了十八英尺長的馬林魚，卻無力驅殺爭食的「海盜」。他敗了，但是帶回去的馬林殘骸，向眾多漁夫見證了他虜獲的戰利品並非誇大，而是真正的光榮。故事結束時，老人不甘放棄，仍然和男孩準備再跨海出征。

余光中 二〇一〇年五月二十日
高雄市中山大學

譯序（一九五七年版）

漢明威（Ernest Hemingway, 1899-1961）是二十世紀的一位小說大家；作品的分量雖不很重，享譽之盛恐怕在今日的世界文壇，尚無人能分庭抗禮。推其原因，則漢明威之為廣大讀者所崇拜，與拜倫之為十九世紀讀者所崇拜相同。作者的英雄色彩增加了讀者對其作品的興趣；拜倫之遁於異教世界正如漢明威之遁於野蠻大陸，拜倫之泳渡達達尼爾海峽正如漢明威之行獵於非洲、捕魚於古巴，拜倫之義援希臘正如漢明威之參加西班牙內戰。而二人之作品復同樣富於浪漫氣氛、異國情調、驚險場面、殘酷經驗和大自然的壯觀，且均著意表現失卻價值的人生和主角面臨死亡的反應。拜倫和漢明威的反文明和反知識分子實在都是知識分子自卑感的作祟。漢明威作品中主角的男性實在是強調得過分了一點，宜乎史泰茵女士（Gertrude Stein）贈以「最羞澀，最驕傲，最芳香」的形容詞，事實上漢明威自恨不能身為鬥牛士貝爾蒙特（Juan Belmonte），正如拜倫自恨不是海盜崔羅尼（Trelawny）。

漢明威的重要作品，依年代的次序述說，有《太陽照常升起》（*The Sun Also Rises*, 1926）、《告別戰爭》（*A Farewell to Arms*, 1929）、《死在下午》（*Death in the Afternoon*, 1932）、《非洲的青山》（*Green Hills of Africa*, 1935）、《有與無》（*To Have and Have Not*,

1937）、《戰地鐘聲》（*For Whom the Bell Tolls*, 1940），和這本《老人和大海》。英國詩人史班德則認為就現代主義的觀點而言，《在我們的時代》（*In Our Time*）是他最佳的作品。他的短篇故事亦甚有地位，可以〈殺人者〉（The Killers）為其代表作。有些批評家認為，漢明威如能傳後，則使他傳後者，將是他的寫作技巧——他那打破傳統修辭的樸實簡勁的風格——而不是他作品的內容。

《老人和大海》（*The Old Man and the Sea*）出版於一九五二年，最初發表在九月一日的《生活》雜誌上。《老人和大海》出版後，曾獲批評界一致的推崇，更先後得到普利策和諾貝爾獎金（美國作家得此雙重榮譽者，僅奧尼爾、賽珍珠、劉易斯與漢明威四人），復為好萊塢以重金購得攝製權，由史本塞・屈賽主演，拍成電影。

我想漢明威在意匠經營此書之時，心中必有梅爾維爾（Herman Melville）巨著《白鯨》（*Moby Dick*）的影子。二書相似之處太多了：漢明威筆下的這位崇拜瑪麗蓮・夢露前夫，棒球名手第馬吉奧的古巴老漁人，自然不是梅爾維爾筆下那位籠罩於宗教的象徵氣氛中的阿哈布船長；以白鯨為死敵的阿哈布自然更非視巨魚為兄弟的老人。可是一個人的命運和一條魚（嚴格說來，馬林魚是魚，但鯨「魚」只是海中的哺乳動物，並非魚）

的命運如此不可分割，一個凡人無法抗拒大自然背後的力量的這種悲劇，則二書是相同的。

《老人和大海》的原文不過二萬七千字。據漢明威自己說，他曾先後校讀此書達二百遍之多；所謂千錘百鍊，爐火純青，自不待言。不過其中至少有一個詞——一個星的名字——恐怕是寫錯了。我是指書中的「萊吉爾」（Rigel）一詞。

> 現在海上已經昏黑，因為九月間，太陽落後，天很快就黑了。他（指老人）倚著船頭那磨舊了的木板，盡量休息。初夜的星星已經湧現。他不識萊吉爾的名字，卻望得見它，並且知道不久群星都會出齊，他便有那些遙遠的朋友（指群星）做伴了。[1]

按：萊吉爾學名叫做Beta Orionis，中文叫做參宿七，原是獵戶座（Orion）中與貝多格斯（Betelgeuse，亦即Alpha Orionis，中文為參宿四）遙遙相對，夾峙於玲瓏三明星左右

1 此處所引為1957年版譯稿。——編者

的一顆淡藍色一等巨星。獵戶座是輝映於冬夜太空的一大星座，自十二月起以迄四月，都燦爛可見。如以台北附近地區而言，獵戶座自十一月一日起，每晚九時即自東南地平湧起。但因星體每晚恆較前一晚早四分鐘出現於同一位置，故在相差六十夜的九月之間，獵戶座之出現於東南地平，應為上午一時。老人在古巴的首都哈瓦那以北的海面捕魚，其緯度相當於台灣的嘉義，星座出沒的情形可說和台灣所見完全相同。然則子夜始升起之星座，不能見之於初夜的天空，是無可置疑的了。美國女作家華頓（Edith Wharton）在她的小說《伊坦・弗洛姆》（*Ethan Frome*）中描寫馬薩諸塞州的冬夜，謂「村上到處蓋著兩尺厚的雪……北斗七星倒懸著冰柱似的鋒芒，獵戶座發出閃閃的寒光」。詩人弗羅斯特（Robert Frost）的作品《剖星者》（*The Star-splitter*）裡也提起冬夜大地冰封，獵戶座諸星跨過群山形成的圍籬。由此看來，參宿七之不見於新大陸九月之晚空，明矣。

《老人和大海》在中國已有好幾種譯文；最初印成單行本者，恐怕要推《拾穗》月刊的譯文，但是《拾穗》之連載本書譯文尚遲於《大華晚報》之連載筆者的譯文（自一九五二年十二月一日起，至一九五三年一月廿三日止）。因此筆者的譯文可說是最早的中譯本了。譯文在四年前連載時，曾有數處蒙吳炳鐘先生指正；及此次付印單行本，又另有數處曾經請益於夏濟安先生；耿修業先生賜本書以連載於《大華晚報》的機會；陳紀瀅先生在市面上有了幾種中譯本之後猶毅然將本書收為重光文藝出版社的叢書之一；這些，都是譯者深深感謝的。

余光中

一九五七年九月六日於台北

老人與海

那老人獨駕輕舟，在墨西哥灣暖流裡捕魚，如今出海已有八十四天，仍是一魚不獲。開始的四十天，有個男孩跟他同去。可是過了四十天還捉不到魚，那男孩的父母便對他說，那老頭子如今不折不扣地成了晦氣星，那真是最糟的厄運，於是男孩聽了父母的話，到另一條船上去，那條船第一個星期便捕到三尾好魚。他看見老人每日空船回來，覺得難過，每每下去幫他的忙，或拿繩圈，或拿魚鉤魚叉，以及捲在桅上的布帆。那帆用麵粉袋子補成一塊塊的，捲起來，就像是一面長敗之旗。

老人瘦削而憔悴，頸背皺紋深刻。熱帶海上陽光的反射引起善性的皮癌，那種褐色的瘡疤便長滿了兩頰，兩手時常用索拉扯大魚，也留下深折的瘢痕。這些瘢痕卻都不新，只像無魚的沙漠裡風蝕留痕一樣蒼老。

除了眼睛，他身上處處都顯得蒼老。可是他的眼睛跟海水一樣顏色，活潑而堅定。

男孩和他爬上了小艇拖靠的海岸，對他說：「桑地雅哥，我又可以跟你一同去了。我們賺了點錢。」

老人曾教男孩捕魚，男孩因此愛他。

「不行，」老人說，「你跟上了一條好運的船。就跟下去吧。」

「可是別忘了：有一次你一連八十七天沒捉到魚，後來我們連著三個星期，天天都捉到大魚。」

「我記得，」老人說，「我曉得，你並不是因為不相信我才離開我。」

「是爸爸叫我走的。我是小孩，只好聽他的話。」

「我曉得，」老人說，「那是應該的。」

「他不大有信心。」

「自然了，」老人說，「可是我們有信心，對不對？」

「對，」男孩說，「我請你去平台上喝杯啤酒，好不好？喝過了，我們再把這些東西拿回去。」

「好呀，打魚的還用客氣嗎！」老人說。

他們坐在平台上，許多漁夫就拿老頭子尋開心，可是他並不生氣。年紀大些的漁夫只是望著他，覺得難過。

可是他們不動聲色，卻斯文地談論暖流，談論他們投索的深度、穩定的好氣候，和其他的經歷。這一天，滿載的漁人已經歸來，正剖好馬林魚，橫放在兩條木板子上，每條板端由兩個漁人蹣跚地抬著，走向魚庫；再等冰車載去哈瓦那的市場。有的捕到鯊魚，就運到對灣的鯊魚廠去，把它掛上了滑車的釣鉤，去了肝，割了鰭，刮了皮，最後把魚肉切成一條條的，用鹽醃起。

每有東風，對灣的鯊魚廠就會飄來一股腥氣；可是今天只有一絲淡淡的氣味，因為風向已由東轉北，又漸漸平息，平台上陽光晴好。

「桑地雅哥。」男孩喚他。

「嗯。」老人應道。他正端著杯子，追想往日。

「我去弄點沙丁魚給你明天用，好不好？」

「算了。去打棒球吧。我還能划船，羅吉略可以撒網。」

「我真想去。就是不能跟你去打魚，我也要幫你點什麼忙。」

「你請我喝了啤酒，」老人說，「你已經是個大人了。」

「你第一次帶我上船，我有多大了？」

「五歲。你差點送了命，當時我太早把魚拉了上來，它幾乎把船撞碎。你還記得嗎？」

「我還記得它的尾巴拍來拍去的響聲，坐板給打碎，你用棍子打得砰砰響。我還記得你把我丟進放著濕繩圈的船頭，我覺得全船都在震動，你用棍子打它的聲音就像砍倒了一棵樹，四周都是甜膩膩的血腥氣味。」

「你真的記得，還是全聽我告訴你的？」

「從我們第一回一同出海起，我什麼都記得。」

老人用他長曬陽光的、信任而愛憐的眼睛注視著他。

「要你是我的孩子，我就帶你出海去冒險，」他說，「可是你是你爸爸媽媽的乖孩子，又跟上了一條好運的船。」

「我去弄沙丁魚好嗎？我還曉得去哪兒找四個餌。」

「今天的我自己留下了。我把它們醃在盒子裡。」

「我去弄四條新鮮的。」

「一條好了。」老人說。他的希望和信心從不消失，如今正像微風漸起那麼重新旺盛起來。

「兩條吧。」男孩說。

「就兩條，」老人同意了，「你不是偷來的吧？」

「我倒想偷，」男孩說，「可是我買了。」

「謝謝你。」老人說。他心地單純，還不會自問何時變得如此謙虛。可是他自知已變謙虛，覺得如此並不可恥，也無損真正的自尊。

「灣流不變的話，明天準是個好晴天。」他說。

「你去哪兒？」男孩問他。

「去遠海，風向轉變就回來，我想在天亮之前就出海。」

「我可以想法引他到遠海去打魚，」男孩說，「這樣一來，要是你真的釣到條大的，我們就能來幫你的忙。」

「他不喜歡出海太遠。」

「是嘛，」男孩說，「可是他看不見的東西我看得見，譬如有鳥兒低飛尋魚；我還可以引他出海去追鯕鰍。」

「他的眼睛那麼壞嗎？」

「他差點瞎了。」

「那奇怪了，」老人說，「他從來沒捉過龜。捉龜最傷眼睛。」

「可是你在蚊子海岸捉了幾年的龜，眼睛還是好好的。」

「我是個老精靈。」

「不過，你現在真有氣力對付真正的大魚嗎？」

「我想是有的。而且詭計多端。」

「我們把這些東西拿回去吧，」男孩說，「我還要拿網去捉沙丁魚呢。」

他們自船上拿起船具。老人掮著船桅，男孩拿著滿箱結實的褐色繩圈，加上魚鉤和帶柄的魚叉。盛著魚餌的箱子和木棍一起放在小舟的船尾下面；每當大魚拖到了船邊，老人就用那根棍子來制服它。沒有人會偷老人的東西，不過最好還是把布帆和粗繩帶回去，因為它們怕受露水；再加，他雖然相信當地的人不會偷他的東西，卻擔心把魚鉤魚叉留在船上畢竟是不必要的誘惑。

他們一同走到老人的小屋，從敞開的門口進去。老人把捲著布帆的船桅靠在牆上，男孩就把箱子和別的漁具放在桅邊。那船桅幾乎和小屋僅有的一個房間一樣長。小屋用一種叫做「瓜諾」的白乾棕護心韌皮蓋成，內有一床，一桌，一椅，汙穢的地板上還有一處地方，供炭炊之用。纖維結實的瓜諾那扁平而交疊的葉子，編成褐色的牆壁，壁上掛著聖心耶穌的彩色圖像，另有一張是科伯的聖母像。這些都是他妻子的遺物。往日壁上曾掛著他妻子的彩色照片，可是他已經將它取下，因為看著照片使他感覺過分的寂寞。如今那照片擱在牆角的架子上，壓在他乾淨的襯衫下面。

「你有什麼東西好吃？」男孩問道。

「一罐糙米拌魚。你要嘗些嗎？」

「不要。我要回去吃。你要我起火嗎？」

「不要。等下我會起。不然我就吃冷的。」

「我把網拿去好嗎？」

「好。」

其實他們並無魚網，男孩記得是什麼時候把它賣了。可是他們每天還是要這麼扮演一番。那罐糙米拌魚也是假的，男孩知道。

「八十五是個好數目，」老人說，「你看我能不能捉一條大魚回來，剖乾淨了，超過一千磅？」

「我要去拿網弄沙丁魚了。你坐在門口曬太陽好嗎？」

「好。我有昨天的報，可以看棒球的消息。」

男孩不曉得昨天的報紙是否也屬虛構。可是老人卻從床下把報紙取了出來。

「貝里哥在酒店給我的。」他解釋道。

「我弄到了沙丁魚就回來。我把你的和我的一同冰起來，明早就可以一同分用。等我回來了，你再把棒球的消息告訴我。」

「北美隊不會輸的。」

「可是我擔心克利夫蘭的紅人隊。」

「相信北美隊吧，孩子。記住還有大將第馬吉奧。」

「我還是擔心底德律的老虎隊和克利夫蘭的紅人隊。」

「當心不要連辛辛那提的紅衣隊和芝加哥的白襪隊都怕起來了。」

「你先讀，等我回來再告訴我。」

「你看，我們去買一張有八十五號碼的連號彩票好嗎？明天就是第八十五天了。」

「好，」男孩說，「可是你八十七天的偉大紀錄呢？」

「那是不會有兩次的。你看你能找到一張八十五號的嗎？」

「我可以去訂一張。」

「一整張好了。一張是兩塊半。我們向誰去借呢？」

「那容易。兩塊半我總借得到。」

「我想也許我一樣借得到。可是我可以就不借。一次借。兩次討。」

「蓋暖些，老頭子，」男孩說，「記住這是九月。」

「這是大魚來的月分，」老人說，「在五月裡，誰都能做漁夫。」

「現在我就捉沙丁魚去了。」男孩說。

男孩回來時，老人已坐在椅上睡去，太陽也已落下。男孩從床上拿起舊軍毯，鋪在椅背上，蓋著老人的兩肩。他的兩肩很怪，雖已垂老，卻仍孔武有力；頸項也仍健壯，而且當他垂頭睡著的時候，上面的皺紋也不很顯著。他的襯衫補過許多次，已經和那船帆相似；補過的地方也因日曬而褪成各種不同的色調。可是老人的頭部已極蒼老，只要閉上眼睛，臉上便毫無生氣。報紙橫攤在他的膝蓋上，在傍晚的微風裡給他的手臂壓著。他赤著兩腳。

男孩走時，他坐在那兒，回來時他還在熟睡。

「醒一醒，老頭子。」男孩說著，用手按住老人的一邊膝蓋。

老人睜開眼睛；剎那間，他從遠方清醒回來。接著他微笑起來。

「你弄到什麼東西？」他問道。

「晚飯，」男孩說，「我們就要吃晚飯了。」

「我不大餓。」

「來吃吧。你不能釣魚不吃東西的。」

「我試過的。」老人說著，坐了起來，拿起報紙摺好。接著又開始摺毯子。

「把毯子裹在身上吧，」男孩說，「只要我一天還活著，你總不會捉魚時沒東西吃。」

「那麼就祝你長壽，自己保重，」老人說，「我們吃什麼？」

「烏豆、米、炸香蕉，還有些燉肉。」

男孩把這些食品盛在一個雙層的金屬盒子裡，從平台上帶來。他袋裡裝了兩副刀叉和湯匙，每副都用紙做的餐巾包好。

「誰給你的？」

「馬丁老闆。」

「我要謝謝他。」

「我已經謝過他，」男孩說，「你不必再謝了。」

「我要送他大魚肚皮那兒的肉，」老人說，「他這樣招待我們，不止一次了吧？」

「我想不止了。」

「這麼說，除了肚皮那兒的肉，我還得送他些別的東西。他真是夠體貼的。」

「他送來兩份啤酒。」

「我最喜歡罐裝的啤酒。」

「我曉得。可是這回是瓶裝的，哈退啤酒；我得把瓶子拿回去。」

「多謝你了，」老人說，「我們可以吃了嗎？」

「我就是在問你呢，」男孩溫和地對他說，「你還沒有準備好，我總不會開盒子。」

「我好了，」老人說，「我就是洗手花時間。」

你去哪兒洗呢？男孩想道。村上的水源要走兩條街。我應該在這兒為他準備點水，還有肥皂和面巾，男孩想道。我怎麼就這樣粗心呢？我應該再為他弄一件襯衫、一件過冬的外套，不管什麼鞋子都得弄一雙，再弄條毯子。

「燉肉真好吃。」老人說。

「把棒球的消息告訴我。」男孩央求他。

「我說過的，美聯隊還是北美隊勝。」老人得意地說。

「今天他們可輸了。」男孩告訴他。

「那不算什麼。偉大的第馬吉奧重振聲威了。」

「他們隊裡換了人。」

「自然了。可是沒他就不同了。另一組，布魯克林對費拉德爾菲亞，我還是喜歡布魯克林。這麼說，我又想起了狄克・席思勒和老公園裡那種精彩的猛球。」

「簡直天下無敵。我一輩子看過的球算他打得最遠。」

「你還記得他以前常來平台嗎？我真想帶他去釣魚，可是又不敢請他。後來又叫你去請他，你也不敢。」

「我記得。那是個大錯。他也許真會跟我們去。那真夠我們樂一輩子了。」

「我真想帶偉大的第馬吉奧去釣魚，」老人說，「他們說他的父親也做過漁夫。恐怕他以前也像我們這麼窮，懂得這一套的。」

「偉大的席思勒的父親一點也不窮，他父親像我這麼大就在大球隊裡打球了。」

「我像你這麼大的時候，正在去非洲的一條老式帆船上做水手，到黃昏還看見岸上的獅子。」

「我曉得。你對我說過的。」

「我們談非洲呢，還是談棒球？」

「我想還是談棒球吧，」男孩說，「談談偉大的約翰・杰・馬格洛吧。」他說「杰」是「荷塔」。

「早年他有時也愛到平台上來。可是他蠻得很，說話又粗，喝起酒來更難應付。他愛棒球，也愛玩馬。至少他袋子裡總是帶著各式各樣賽馬的名單，打電話的時候，也老是提起馬的名字。」

「他是了不起的經理人，」男孩說，「我父親覺得他最了不起。」

「因為他最常來這兒的關係，」老人說，「要是杜洛舍年年都來的話，你父親又會覺得他是最了不起的經理人了。」

「到底誰最了不起呢，呂克，還是邁克・龔沙雷？」

「我看他們不相上下。」

「可是最能幹的漁夫是你。」

「才不是。我曉得有好些人比我能幹。」

「哪裡話，」男孩說，「能幹的漁夫很多，了不起的也有幾個。可是像你這樣的，只有一個。」

「謝謝你，你逗我開心了。我希望不會有太大的魚來戳穿我們的大話。」

「只要你還像自己所說的那麼強壯，就不會有這種大魚。」

「也許我不像自己所想的那麼強壯，」老人說，「可是我懂得許多訣竅，而且我有決心。」

「現在你該去睡了，早上才有精神。我會把東西拿回平台上去。」

「那麼，晚安。我明早再來叫你。」

「你是我的鬧鐘。」男孩說。

「老年是我的鬧鐘，」老人說，「為什麼老年人醒得這麼早？是不是這樣日子就長些？」

「我不曉得，」男孩說，「我只曉得，年輕小夥子睡得又晚又甜。」

「這我還記得，」老人說，「我到時會叫醒你。」

「我不喜歡讓他來叫醒我。那樣顯得我不中用。」

「我知道。」

「好好睡吧，老頭子。」

男孩走了出去。他們用餐時，桌上沒有燈光，老人也在暗中脫褲上床。他把報紙夾在褲子裡，捲起來做個枕頭。他用毯子裹住身體，睡在鋪著舊報紙的彈簧床上。

不久他便睡去，夢見少年時去過的非洲，夢見漫長的金色海岸和白得刺眼的海岸，還有高聳的海岬、褐色的大山。如今他夜夜重回那岸旁，在夢中聽見波濤拍岸，又看見土人的小舟來去乘潮。他嗅到甲板上柏油和麻繩的氣味，還有清晨陸上微風送來的非洲氣息。

平時他每逢嗅到那陸上的微風，便起來穿衣，去喚醒男孩。可是今夜陸上微風的氣息來得太早，他在夢中也知道是太早，便繼續做夢，夢見群島的白峰從海底湧起，又夢見加那利群島各式各樣的港灣和近海的泊站。

他不再夢見狂風暴雨，或者女人，或者大場面，或者巨魚，或者拳賽，或者角力，或者亡妻。如今他只夢見各種地方和岸上的獅子。獅子在暮色裡像小貓一樣地嬉戲，而他就像愛那男孩一樣地愛它們。他從未夢見那男孩。他就這麼醒來，透過敞開的門凝望曉月，又抖開褲子穿上。他在屋外小便罷，便一路走上坡去，喚醒男孩。曉寒裡他索索發抖。可是他知道這麼抖著就會發暖，而且馬上就要划船了。

男孩住屋的大門沒有下鎖，他便開門，赤著腳悄悄走進去。男孩熟睡在第一間房裡的小床上；藉著落月透進來的清光，老人一眼就看到他。他輕輕地握住一隻腳不放，直到男孩醒來，轉身望他。老人點點頭，男孩便提起床邊椅上的褲子，坐在床上，穿上褲子。

老人走出門外，男孩跟他出去。他睡意仍濃，老人便摟著他的肩頭說：「對不起。」

「哪裡話，」男孩說，「男子漢應該這樣。」

他們一路向老人的小屋走去。昏暗中，沿路都有赤腳的漁人掮著自己的船桅走動。到了老人的小屋，男孩拿起盛繩圈的箱子和魚鉤魚叉，老人便掮著捲有布帆的船桅。

「你要喝咖啡嗎？」男孩問道。

「我們先把這些東西放在船上，再去喝。」

他們到專做漁人生意的早食店裡，用煉乳罐頭盛咖啡喝。

「你睡得好嗎，老頭子？」男孩問道。雖然打斷睡眠，仍感不適，他現在總算漸漸地醒過來了。

「好極了，曼諾林，」老人說，「我今天覺得很有把握。」

「我也是的，」男孩說，「現在我得去拿你和我的沙丁魚，還有你的新餌。他總是自己拿我們的東西。他從來不要別人拿。」

「我們可就不同，」老人說，「你才五歲，我就讓你拿東西了。」

「我記得，」男孩說，「我馬上就回來。再喝一杯咖啡吧。我們可以記帳。」

他赤腳踩著珊瑚岩，向藏餌的冰屋走去。

老人緩緩地飲著咖啡。一天就吃這些了，他知道非吃不行。近來他久已不甘飲食，也從來不帶午餐。他在船頭藏水一瓶，一整天就夠了。

這時男孩已經帶著沙丁魚和報紙包著的兩餌回來。兩人踩著夾有卵石的沙地，順著小徑，走到船邊，把船抬起，推下海去。

「一帆風順，老頭子。」

「一帆風順。」老人說。他把槳索在橈座的護圈上繫牢，藉著槳面撥水之勢，向前俯傾身子，便在昏暗中划出了港口。別的漁船從別處沙岸出海；雖然現在月落山後，看不見他們，老人卻聽得見他們木槳起落之聲。

間或有人在船上說話。可是大半的漁船，除了槳兒撥水，再無聲響。出了港口，他們便四面散開，各人向自己有望捕魚的洋面划去。老人知道自己要去遠海，他把陸地的氣息拋在背後，划進了大洋早晨清新的氣息。他划過漁人所謂深井的洋面，看到水裡「灣草」磷磷閃光；該處海床陡降七百英尋，灣流撞在海底的峭壁上，形成漩渦，所以各種魚類都在此匯集。這兒最深的底洞裡，潛藏著成千成萬的蝦子和餌魚，間或還有成群的魷魚；夜間它們升近了海面，給順流游過的大魚吞去。

昏暗中，老人覺得黎明漸近；他邊划邊聽到飛魚出水時顫動的聲音，和它們堅直的翅膀在暗空飛過時發出的長嘶。他非常歡喜飛魚，因為它們是他在海上的主要友伴。他總為那些鳥兒感到惻然，尤其是那些嬌小、灰黑的海燕，它們老是在飛旋，尋找，而多半又找不著什麼東西。他想：「鳥兒的日子比我們還要過得苦，自然那些掠食的和結壯的鳥兒是例外。既然海洋是這麼殘酷，為什麼他們要造出像海燕那麼嬌小而又精緻的鳥兒來呢？她本性良善而又非常美麗。可是她有時竟會變得那麼殘酷，變時又那麼急驟；像這樣低聲悲吟著、一面飛旋一面潛水覓食的小鳥，長得過於嬌嫩，是沒法應付大海的。」

他想起海時，總覺得她是la mar[2]；西班牙人愛她的時候，就是這麼稱呼她的。有時愛她的人也會說她的壞話，可是語氣裡卻當她是個女人。有些年輕的漁人，用救生圈

2 la是陰性冠詞，mar是海。——譯者

做釣索的浮子，又用鯊魚肝很賺錢時買來的汽艇捕魚的，提起她時，總說el mar[3]，那就是陽性了。他們說起她時，總當她是一個對手，一個地方，甚至一個仇敵。可是老人想起她時，總想她是女性，會施大恩或吝於施恩；如果她有時竟也撒野作惡，那是因為她忍不住。他想，月亮撩她，就像月亮撩女人一樣。

他平穩地划著，並不吃力，因為他不超過自己平時的速度，而且除了偶有灣流回旋，洋面一直都很平靜。他讓灣流助他三分之一的力量，天色開始透明，他看出自己此時比預計所要划到的海面遠出許多。

他想，我在深流上捉了一個星期，沒有收穫。今天我要去遠些，到松魚和鮪魚集中的地方去，說不定其中有條大魚。

天色透亮之前，他已放下了魚餌，隨著灣流漂浮。第一個餌入水四十英尋。第二個入水七十五英尋，第三第四兩個卻深沉藍色的海水之中，各在一百及一百廿五英尋處。每個引餌都倒垂水中，鉤柄藏在餌魚腹內，繫好縫牢，而魚鉤一切突出的部分，亦即鉤彎和鉤尖，都套上了新鮮的沙丁魚。每條沙丁魚都給釣鉤貫穿兩眼，在鋼彎上形成了半圓形的花圈。釣鉤上，大魚所能接觸到的部分莫不香甜可口。

男孩給了他兩條新鮮的小鮪魚，現在像秤錘一樣吊在那兩條入水最深的釣索之上；在別的釣索上，他掛了一隻藍色的大鰺魚和一條黃梭魚，這兩個餌以前都曾用過，但是都還完好可用，而且有那些上好的沙丁魚來增加香味和誘惑。每根釣索像枝大鉛筆那麼粗，都繞在一根烘乾了的棍子上，如此餌上一有拉動，棍子便會浸水；每根釣索都有兩盤四十英尋長的繩圈，可以繫上別的備索，所以必要時，可以讓一條大魚拖開三百英尋以上的釣索。

現在老人看著船邊的三根棍子刺入水中，一面緩緩地划動，使鉤索拖直，並且保持各自應有的深度。天色已經透明，眼看太陽就要升上。

旭日從海底淡淡地升起，老人看到了別的漁船緊貼著水面，遠靠海岸，而且散布在灣流四處。不久陽光更亮，光芒照在水面，等到全輪升盡，平穩的海面把陽光反射到他的眼裡，十分刺眼，他便避開反光，划船前進。他俯視水中，看著直入海水深處的釣

3 el為陽性冠詞。——譯者

索。他的釣索比別人都拖得直，所以在灣流深處的每一層水面，都有一個引餌恰如他理想地等待著每一條大魚游過。別的漁人卻讓釣索隨波逐流，有時釣索只入水六十英尋，那些漁人卻以為已經入水一百英尋了。

可是，他想，我的釣索深度最準。只是我已經不再交運罷了。可是誰又能預料呢？也許就是今天。天天都是新日子。有運氣當然好。可是我寧可做得準確。這樣，運氣一來，我就等著了。

這時，太陽已經升上來兩小時，向東方眺望，也不那麼刺眼了。此刻但見三點小船，緊貼水面，而且遠在靠岸的那邊。

他想，早上的陽光刺眼了一輩子。可是我的眼力依然健好。到了傍晚，我正視落日，眼睛也不會發黑。落日的威力較大。可是旭日真傷眼睛。

正在這時，他看見一隻軍艦鳥，展開黑色的長翼，在前面的天空飛旋。它一回雙翼，迅速地向下斜衝，接著又開始飛旋。

「它一定抓到什麼東西了，」老人高叫，「它不只是看看的。」

他向鳥兒飛旋的地方，繼續緩緩地划行。他從容不迫，使釣索保持垂直。他只划得比灣流快些；如果他不想利用鳥兒尋魚，則他平時捕魚會划得慢些，可是現在他的捕法仍不失精確。

大鳥升向上空，又平舉雙翼，開始飛旋。接著它又驀地潛水，老人看到飛魚破水而出，在水面拚命飛行。

「鯕鰍，」老人高叫，「那是大鯕鰍。」

他把木槳放好，從船頭下面取出一條細索。索上繫有一條金屬引線和一把中型的釣鉤，他便在鉤上掛一尾沙丁魚。他讓釣索滑過船邊，在船尾的扣環上繫牢。然後他又在別條釣索上安好了餌，成盤地放在船頭的陰影裡。於是他繼續划船，一面望著那長翼的黑鳥緊貼在水面努力飛行。

他正看著，那鳥兒再度潛水，先是它斜著翅膀，向下俯衝，接著又猛烈地、吃力地拍動雙翼，追趕飛魚。老人看得出，因為大鯕鰍追逐逃命的飛魚，水面竟微微隆起。鯕鰍正在飛魚逃亡的水面之下，破浪前進；等到飛魚落下，它們可能正在那處水中疾泳。他想，好大一群鯕鰍。它們四散水中，所以飛魚不易逃生。那鳥兒更無希望。飛魚太大，飛得太快，那鳥兒是捉不到的。

他看著飛魚一遍又一遍地躍出水面，而鳥兒在徒然飛逐。他想，那群鯕鰍是走開了。它們走得太快太遠了。可是我也許會碰上一條走散的鯕鰍，也許我那條大魚就在它們的附近。我的大魚總在那兒的。

這時，陸上的雲像群山一般湧起，海岸只餘下一痕綠色的長線，背後隱現淡藍色的山丘。海水也已轉成深藍色，深得幾乎發紫。他俯視水中，看到海水暗處斑斑紅點的浮游生物，和陽光映出的奇異光輝。他望著釣索筆直地沉下，沒入海水之中；他看到這麼多的浮游生物，很是高興，因為這表示有魚。這時太陽升得更高，陽光在水中映出的奇異光輝預示氣候晴好，那陸上雲堆的形狀也是一樣。可是現在那鳥兒幾乎已經不見，水面上也不再有東西浮現，除了幾片太陽曬褪了色的黃色馬尾藻，還有那紫色珠光、黏如膠液、狀如水泡的僧帽水母，在船邊漂浮。它歪在一邊，又馬上浮正。它欣然浮動，一如氣泡，背後在水中，還拖著條條一碼長的紫色毒絲。

「水妖，」老人說，「你這婊子。」

他慢慢推槳，向水中俯視，看到和曳絲顏色相似的小魚，或在毒絲之間，或在那水泡漂游時所投的陰影裡，游來游去。這些小魚不會受僧帽水母所毒。可是人體卻會；每當老人努力扯魚，那種毒絲碰上了釣索，又黏又紫，糾纏不去，老人的兩臂和雙手便會留痕發痛，就像碰上野葛和毒橡一樣。可是這種水妖的毒素傳播迅速，打在身上，猶如鞭抽。

五色繽紛的水泡確是美觀，卻是海上最不可靠的東西，老人最愛看龐大的海龜吞食它們。海龜望見前面有了僧帽水母，便閉上眼睛，用背甲掩護全身，然後把它們連絲吞下。老人愛看海龜吞食它們，也愛在暴風雨過後的海岸踐踏它們，聽它們在自己起繭的腳底壓碎的聲音。

他愛那些優雅、敏捷而名貴的綠龜和玳瑁，可是他卻善意地蔑視那些龐大而笨重的紅海龜，蔑視它們黃色的背甲和古怪的求愛方式，和閉上眼睛，欣然吞食僧帽水母的樣子。

雖然他在捕龜的船上工作多年，他對於海龜並無迷信。他只是憐憫它們，就連那長如小舟、體重一噸的大背龜也不例外。很多人不忍捕龜，因為海龜在殺死切好之後，它的心還會跳上好幾小時。可是，老人想道，我也有這麼一顆心，而且我的手腳也和它們的相似。為了體力，他常吃那種白蛋。五月間，他一直吃這種白蛋，為了強身，好到

九、十月間對付大魚。

每天他還去許多漁人貯藏漁具的小屋裡，從大鼓裡面取飲一杯鯊魚肝油。魚肝油存在屋內，漁人要喝，都可取食。大部分的漁人都討厭那種腥氣。可是那氣味也不比他們一早起身來得難受，何況對於禦寒和防止感冒，都很有效，對眼睛也有好處。

這時老人仰見那鳥兒又在飛旋。

「它找到魚了。」他大聲說道。飛魚已不再破水而出，也無餌魚四散游泳。老人正望著，一條鮪魚忽然躍入空中，轉過身子，倒頭落在水裡。那鮪魚在陽光裡閃著銀白；等到它落回水中，別的鮪魚，一條接一條躍出水面，跳向四方，把海水攪成一片，又凌空長躍，追趕餌魚，繞著它追。

老人想，如果它們不是游得太快，我就可以划到它們中間去；他望著魚群把海水打成一片白浪，那鳥兒這時也俯衝下來，潛襲那些驚惶中給趕上水面來的餌魚。

「這鳥兒幫了我的大忙。」老人說。正說間，船尾的釣索在他腳下打好繩圈的地方忽地拉緊，他便丟下雙槳，緊握釣索，開始向船裡拉扯，邊扯邊感到那小鮪魚左右掙扎的力量。他愈扯，那掙扎愈加猛烈；他已經看到水中魚兒藍色的背脊和金色的兩側，接著他便將它摔過了船舷，丟進艙裡。它躺在船尾的陽光裡，飽滿結實，像一顆子彈，又凝著它那遲鈍的大眼，用它整潔而靈活的尾巴，急驟而顫抖地，猛拍著船板，直到筋疲力盡。老人不忍，便在它頭上猛擊一棍，把它踢進船尾的陰影裡去，這時它全身還在顫抖。

「鮪魚，」他大聲說道，「這是條好餌。稱起來像有十磅重。」

他記不起自己從什麼時候開始，便愛一個人大聲自言自語。往日，在孤獨的時候，他曾愛唱歌自娛；有時夜間獨自在漁船上或是龜船上輪班掌舵，他也會唱起歌來。也許他是在男孩離去，寂然一人的時候，才開始高聲自言自語。可是他已經記不起了。和男孩在一起捕魚的時候，他們只在必要時才交談。他們只在夜間，或是受困於暴風雨的時候，才會說話。在海上，不說廢話是一種優點，老人也一向認為如此，並且遵守這種良習。可是現在，因為旁邊沒有人討厭說話，他便屢次大聲地說出自己的心思。

「別人要是聽見我高聲自言自語，一定以為我發瘋了，」他大聲說，「可是，既然我沒有發瘋，我才不在乎。有錢人在船上照樣有收音機對他們說話，而且報告他們棒球的消息。」

現在可不是記掛棒球的時候，他想。現在只能注意一件事。我生來要做的事。也許有一條大的在那群魚附近。我不過碰上一條正在貪吃而走散的鮪魚罷了。可是它們去得太遠，太快了。今天，浮現在海面的所有東西都流得很快，而且都流向東北。是天色的關係嗎？還是變天有什麼預兆而我不懂呢？

他不再看見綠色的海岸，但見藍山的頂部閃白，猶如積雪，還有那山上的白雲，像一簇高大的雪嶺。海水顏色深暗，陽光在水中映出繽紛的七彩。浮游生物的萬點紅斑，已因太陽高升而逐漸隱去，老人只看到藍水深處大片的七彩棱柱，還有他的釣索直入一英里深的海中。

漁人把那些同類的魚都叫做鮪魚，只有到出售它們，或者把它們換魚餌時，才分辨得出它們各自的名稱。這時鮪魚又已沉下。陽光轉烈，老人覺得頸背開始受曬，汗水也邊划邊沿著背脊淌下。

他想，我本來可以隨波逐流，一面睡覺，一面在腳趾上套個繩圈，好及時醒來。可是今天已是第八十五天，我得好好釣一天。

他正望著釣索，忽見一根突出的綠棍，猛然刺入水中。

「來了，」他說，「來了。」便放好木槳，不使它撞船。他伸手拉起釣索，用右手的拇指和食指把它輕輕捏住。他不覺得有什麼拉緊或重量，只輕輕地握住釣索。接著又拉緊一下。這回只是試拉，既不著實，也不沉重，可是他完全明白了。手工鍛鍊的魚鉤上，套著一條小鮪魚，鉤彎和鉤尖自鮪魚頭部突出，上面都穿滿了沙丁魚；一百英尋下，正有一條馬林魚在吃那些沙丁魚。

老人小心地握住釣索，用左手輕輕地把它從棍上解下。現在他可以讓釣索在指間滑過，而不使大魚覺得有何牽扯。

他想，這種月分，遠來此處，一定是條龐然大魚。吃吧，大魚。吃吧。請用吧。這些沙丁魚多新鮮，而你卻藏在六百英尺深的黑漆漆的寒水之中。在暗海裡再打個轉，游回來嘗一嘗吧。

他感到輕輕的、怯怯的扯動，接著又扯得比較厲害，那是因為從鉤上咬下沙丁魚頭，比較困難。不一會，卻又靜止。

「來吧，」老人大聲說道，「再打個轉，就聞一聞吧。難道不可愛嗎？趁它們正新鮮，吃吧，吃過還有鮪魚呢。又結實，又清涼，又可愛。別害羞，大魚。吃吧。」

他用拇指和食指捏住釣索，一面等待，一面注視它和別的釣索，因為大魚可能游上游下。不久，又有同樣的怯怯扯動。

「它會吃的，」老人大聲說，「天哪，讓它吃吧。」

可是它並不來吃。它已經游開，老人再不覺得有什麼扯動。

「它不會走的，」他說，「天曉得，它不會走的。它正在轉彎呢。也許它以前上過鉤，還有點記得。」

不久，他又覺得繩上有輕微的接觸，於是他又高興起來。

「它只是在轉彎，」他說，「會上鉤的。」

他欣然感到那輕微的扯動，接著他忽然感到一種力量，又強又沉，沉得他不敢相信。那正是大魚的重量；他讓釣索拖開兩盤備索的第一盤，滑下去，滑下去，滑下去。釣索從老人的指間輕輕地滑入海中，對拇指和食指的壓力也幾乎不覺，可是他仍然感到重量可觀。

「好大的魚，」他說，「此刻它一定把餌橫咬在嘴邊，帶著餌跑了。」

不久，它就會轉身把餌吞下去的，他想。可是他不說出口，因為他知道好事說出了口，就不會實現。他明白，這是條好大的魚，想像它嘴裡橫咬著鮪魚，在暗海裡向前泳行。正想著，他覺得它又停止游動，而壓力仍在。不久，壓力加強，他便放出更多釣索。他把拇指和食指捏緊一下，壓力便驟然增加，而且向下直沉。

「已經咬住了，」他說，「現在得讓它好好吃一頓。」

他讓釣索在指間滑過，一面伸出左手，把這兩盤備索的活端繫到第二條釣索兩盤備索的繩圈上去。現在他準備好了。除了正在放出去的這盤釣索，他還有三盤四十英尋的繩子可用。

「再嘗一點，」他說，「好好吃吧。」

他想，吃吧，讓鉤尖刺進你的心坎，把你刺死。乖乖地上來，吃我一叉。行了。好了沒有？吃夠了沒有？

「來吧！」他大聲說，一面雙手猛扯，拉上來一碼釣索，接著一遍又一遍地猛扯，兩臂輪流，使盡臂力，猛扭身體。

毫無結果。大魚照樣向前緩緩地泳行，老人一寸也吊它不起。他的釣索本來結實，可吊大魚，他便反背把它拉住，緊得索上迸出一顆顆的水珠。接著釣索開始在水中發出悠長的噝噝聲響，他仍然握住釣索，把身子靠緊坐板，藉著後仰之勢，抵抗大魚的拖扯。小船開始向西北方慢慢移動。

大魚不斷地泳行，他們便在平靜的海上緩緩前進。別的魚餌仍在水中，然而他無能為力。

「但願那孩子在我身邊，」老人大聲說道，「我正給魚兒拖走，而自己做了纜柱。本來我可以把釣索繫牢。可是它又會把索拉斷。我只好盡力將它拉住，必要的話，也只好放索讓它。謝天謝地，它一直向前游，沒向下沉。」

萬一它打定主意潛下水去，怎麼辦？我不曉得。萬一它沉到水底死掉，又怎麼辦？我不曉得。可是我總有辦法。辦法多得很。

他反背著釣索，看著它斜入水中，小船不斷向西北航行。

這樣拉會拖死它的，老人想道。它不能老是這麼拖下去。可是四小時後，那大魚仍舊拖著小船，不斷向遠海游行，而老人依然緊緊地反背著釣索。

「中午我就鉤住了它，」他說，「可是始終還沒見過它。」

他在釣著大魚之前，已把草帽推向額前，這時額頭磨得發痛。同時他又感到口渴，便跪了下來，留心不使釣索晃動，一面盡量爬進前艙，伸出一隻手去探取水瓶。他打開瓶子，喝了一點，便靠著船頭息下。他坐在迄未豎起的桅杆和布帆上面，盡力支持下去，避免胡思亂想。

他回頭眺望，已經看不見陸地。那沒有關係，他想。我隨時可以憑哈瓦那的燈光回航。太陽還有兩小時才會落下，也許它會在日落前冒上海來。不然，它也許會在月升時上來。再不然，它也許會在日出時冒上來。我沒有抽筋，又還有氣力。可是它的嘴裡卻咬著釣鉤。好壯的魚，扯得那麼厲害。它的嘴巴一定把釣索咬得好緊。我真想見一見它。我只要見它一次，看看對手是什麼樣子。

老人仰觀群星，看出大魚整夜都未改變路線和方向。日落後，海上轉寒，老人的汗液在背上、臂上和蒼皺的腿上收乾，發冷。日間他曾把遮蓋餌箱的布袋鋪在陽光下曬乾。日落後，他把布袋圍住頸項，覆在背上，又小心翼翼地把它墊在繞肩的索底。這麼一來，他便有辦法向前俯靠在船頭，簡直有點舒服了。其實這種姿勢不過是較易忍受，可是他覺得這樣已經算是舒服了。

我拿它沒辦法，它拿我也沒辦法，他想。像它這麼耗下去，大家都沒辦法。

他一度站起來，在船邊小便，又仰望群星，核對方向。釣索像一道磷光，從他的肩膀一直射入海中。現在他們走得較慢，哈瓦那的燈光已不像那麼輝煌，他因此推斷灣流正將他們漂向東方。他想，等到看不見哈瓦那的亮光，我們一定更向東了。因為，如果這條魚的路線始終不變，我還會看到那光芒好幾小時的。不曉得今天棒球大賽的結果如何，他心裡想道。要是打魚能聽收音機，那就好極了。接著他又想道，一直想著這大魚吧，注意你自己正在做的事吧，別做傻事。

於是他大聲說：「真希望那孩子能在這兒。來幫我忙，親眼看看。」

一個人年紀大了，就不該沒人陪伴，他想。可是這是免不了的。我得記住，鮪魚要趁新鮮吃，好維持體力。記住，不管你想不想吃，明天早上你一定得吃。他吩咐自己說，記住。

夜間，兩條五島鯨繞著小船泳行，他聽見它們翻滾和噴水的聲音。他能夠分辨雄鯨噴水，聲音喧囂，雌鯨噴水，有如歎息。

「它們都很好，」他說，「它們只是遊戲，作樂，而且相親相愛。它們和飛魚一樣，都是我們的朋友。」

於是他開始憐惜自己釣到的大魚。它又神妙，又奇怪，天曉得它的年紀有多大，他想。我從未見過體力這麼強壯，或者行動這麼離奇的大魚。也許它很聰明，不肯跳出水來。它只需一跳，或者狠命一衝，就可以把我解決。也許它以前上過好幾次鉤，知道它應該採取這種戰略。它不會曉得，對抗它的只有一個人，更不曉得他是個老人。好大的魚！而且如果魚肉夠好，送到市場上去，該是一筆多大的收入！它吞食釣餌，像個漢子，拖動小船，像個漢子，而且沉著應戰。不曉得它到底有沒有計畫，或者只是準備拚命，像我一樣。

他回憶曾從一對馬林魚中釣到一條。雄魚總是讓雌魚先吃；那條給釣住的雌魚猛烈、驚惶而絕望地掙扎，很快就筋疲力盡；雄魚一直伴著她，在索旁穿來繞去，又陪她在水面繞圈子。他靠得太攏，老人深怕他會用那利如鐮刀而大小形狀也像鐮刀的尾巴把釣索割斷。老人釣她出水，以棍猛擊，握住她那砂皮紙一般邊緣的劍形長嘴，在她的頭上亂打，直打得她的皮膚幾乎轉成了鏡背的顏色，然後由男孩幫著，把她抬上船來，這時那雄魚一直守在船邊。等到老人開始清理釣索，拿起魚叉，那雄魚便從船邊躍起，探看雌魚的所在，然後展開他那紫翼一般的胸鰭，露出周身寬闊的紫紋，潛入深海。老人還記得他很優美，而且始終守在她身邊。

那是我生平所見的馬林魚中最為悲慘的情景，老人想道。當時男孩也感到淒然，所以我們請她原諒後，便立刻把她宰掉。

「但願那孩子在這兒。」他大聲說，一面便緊靠在船頭的圓板上，從繞過肩頭的釣索上，感受到那不斷向自己選定的目標泳行著的大魚有多大氣力。

可是，上了我的當，它就必須下個決心，老人想道。

它的選擇是遠避一切圈套和詭計，躲在黑暗的深水裡。而我的選擇是遠離人間去那兒找它。遠到荒無人煙的地方去找它。如今我們已經對上了，從中午直到現在。雙方都沒有誰來幫忙。

也許我不該做漁夫，他想。但是我生來就得幹這行。天亮了，我一定要記住吃那條鮪魚。

天亮前，有樣東西拉住他背後的諸餌之一。他聽見綠棍拉斷，釣索從船邊猛擁拖出去。昏暗中，他拔出小刀，用左肩抵住了整條大魚的拉扯，向後斜靠，襯著舷板把繩子割斷。接著他又把近身的一條釣索割斷，在暗中把兩條備索的活端繫緊。他用一隻手靈活地工作，又用腳踩住了繩圈，把繩結拉牢。現在他有了六捲備索。割斷的釣索，每條都有兩捲，那小鮪魚咬過的餌索也有兩捲，六捲都已繫在一起。

他想，天亮了我要掙到那條四十英尋的釣索旁邊，把它也割斷，再把備索連結起來。我要犧牲兩百英尋上好的卡塔蘭粗索，外加釣鉤和腸線。這些都可以補充。可是萬一我釣到一條魚，讓它把這條大魚的繩子弄斷，有誰來補充這條大魚？我不曉得現在咬住引餌的這條是什麼魚。也許是條馬林魚，也許是旗魚，也許是鯊魚。我一直不能判斷它是什麼。我得早點把它幹掉。

他大聲地說：「但願那孩子在這兒。」

可是你並沒有把孩子帶來，他想。你只有依賴自己，而且不管天黑還是天亮，現在就得掙到最後的繩邊去，把它割掉，再把那兩捲備索安上釣鉤。

他終於完成了。暗中行動困難；大魚一度掀起了巨浪，把他向前拉倒，在他眼下撞出傷痕。他臉上流下了一點血，可是還不到下巴，就已乾凝，他努力掙回船頭，靠著木板息下。他拉好布袋，小心翼翼地把釣索移動，繞到肩頭的另一邊；於是他背緊釣索，把它拉住，留心試一試大魚拉扯的力量，然後又把手伸入海水，試探小船前進的速度。

不懂它為什麼要那麼歪一下，他想。鐵絲引線一定滑到它那龐大如山的背上去了。它的背脊自然不會像我的一樣感覺痠痛。可是不管它有多麼偉大，它總不能永遠拖著這條小船。現在，所有會引起麻煩的東西都已清除，我又有許多備索；盡人力吧。

「魚喲，」他輕輕地說，接著又大聲說，「我要和你拚到底。」

我想它也會奉陪的，老人想道；於是他便等待天亮。黎明之前，海上寒冷，他便在船板上撐體取暖。它能撐多久，我就能撐多久，他想。釣索在微明的曙色裡向外伸延，直入海中，小船不斷前進，旭日的輪邊在老人的右手湧出水面。

「它向北方游了。」老人說。灣流會把我們遠漂去東邊的，他想。但願它隨著灣流旋轉。那樣就表示它累了。

等到太陽升得更高，老人才發現那大魚並未疲倦。只有一個好現象。釣索的斜度顯出它此刻正游到較淺的地方。那未必表示它會跳出水來。但是已有可能。

「天呀，讓它跳吧，」老人說，「我有的是繩子，可以擺布它。」

他想，如果我能把釣索稍微拉緊，它就會痛得跳上來。現在已經天亮，只要它跳上來，讓背脊上的氣囊脹滿了空氣，它就不能沉到海底去淹死了。

他想要拉緊些，可是那釣索自從鉤上大魚直到現在，已經緊得幾乎要拉斷；他仰面猛拉，只覺得牢不可動，他曉得不能再加力量。我絕對不能搖動它，他想。愈搖動，那釣鉤引起的傷口愈大，等到跳上來時，也許會把釣鉤掙掉。管他的，曬了太陽，我已經覺得比較舒服，而且這一次我不用朝著太陽望了。

釣索上纏著黃色的水草，老人知道那樣只有加重拉力，感到欣然。夜間發出閃閃的磷光的，就是這種黃色的灣草。

「魚呀，」他說，「我對你十分愛惜，尊敬。可是天黑以前，我就要把你宰掉。」

但願如此，他想。

一隻小鳥自北飛向小船。那是一隻鳴禽，緊貼著水面飛行。老人看出它已很疲倦。

小鳥飛到船尾息下。接著它又繞著老人的頭頂飛旋，終於歇在釣索上面，感覺比較舒服。

「你幾歲了？」老人問那小鳥，「你這是第一次出門嗎？」

他說時，小鳥向他凝望。它倦得不顧釣索，只用纖弱的腳爪抓緊釣索，晃來晃去。

「繩子是牢的，」老人告訴它，「太牢了。一夜沒風，你不該這麼疲倦。那些鳥兒怎麼啦？」

那些飛來海上尋找它們的老鷹，他想。但是他不向小鳥提起此事，因為它絕對不會懂，而且它自己很快就會知道老鷹多凶了。

「好好休息一下，小鳥，」他說，「然後像人，像鳥，像魚一樣，去碰你的運氣。」

夜間，他的背脊已經痠硬，現在著實使他難受，說說話，他覺得舒服些。

「只要你歡喜，就待在我家吧，小鳥，」他說，「微風漸起，很抱歉，我不能扯起布帆，帶你回岸。可是我總算有了一個朋友。」

正在這時，大魚忽然向側邊一掙，把老人拉倒在船頭，要是他不曾扶好，又放出釣索的話，幾乎就會把他扯出船去。

釣索晃動時，小鳥早已飛起，老人簡直沒看見它飛走。他用右手小心翼翼地試試釣索，發現自己的手正在流血。

「一定有什麼刺痛了它。」他大聲說，一面又扯動釣索，想把大魚拉轉過來。等到他拉到要斷的程度，便牢牢地拉住，倚著緊索，重新坐好。

「現在你痛了吧，大魚，」他說，「天曉得，我也一樣。」

他四顧尋找小鳥，因為他歡喜有它做伴。可是小鳥已經飛走。

你不會久留，老人想道。可是在你到岸之前，苦頭還更多呢。我怎麼會讓那魚兒突然一拉，就把我擦傷了？我一定笨到家了。不然就是我正在望那小鳥，正想著它。現在我得專心工作，然後吃那條鮪魚，免得氣力不足。

「但願那孩子能在這兒，而且能有點鹽巴。」他大聲說。

他把釣索的重量移到左肩，小心地跪了下來，在海水裡洗手，又把手浸在水裡一分多鐘，望著血跡漂流，還有海水因小船前進而不住地衝擊他的手。

「它已經慢得多了。」他說。

老人原想把手放在鹹水裡面再浸一會，可是又恐怕大魚會突然再歪一下，便站起來扶好，伸手迎向陽光。割破他肉的只是一條繩傷。可是那傷處正是他手上使勁的部分。他知道在搏魚結束之前，自己還要用這雙手，當然不願搏鬥尚未開始，就把手割傷。

「好了，」他曬乾了手，說道，「我得吃那條小鮪魚了。我可以用魚鉤把它鉤過來，坐在這裡好好吃一頓。」

他跪了下來，用魚鉤在船尾鉤到鮪魚，便留心不讓它碰到繩捲，把它鉤到身邊來。於是他重新用左肩背住釣索，再用左手和左臂支持身體，從魚鉤上拔下鮪魚，又把魚鉤放回原處。他用一隻膝蓋跪在魚身上，順勢從頭到尾，在魚背上切下一條條暗紅色的肉來。這些肉都給切成了楔形，他順勢從背脊骨旁一直切到腹邊。他切好六條，便一起鋪在船頭的木板上，又在褲子上擦乾小刀，然後抓住鮪魚殘骸的尾巴，拋出船去。

「只怕是吃不完一整條。」他說著，用刀橫切一條魚肉。他仍感到那釣索不斷緊緊地拖著，而左手已在抽筋，只能緊抓粗索，望而生厭。

「好怪的手。」他說，「要抽筋就抽筋。抽成爪子吧。對你有什麼用。」

吃吧，他想，一面又俯視深水，望著傾斜的釣索。馬上吃吧，吃了可以補手。不能怪手，而是你守大魚好幾個鐘頭了。但是你可以永遠守下去。現在就吃鮪魚吧。

他拾起一片肉來，送進嘴裡，慢慢地咀嚼。味道還不壞。

好好地嚼吧，把鮮汁都嚼出來，他想。要是能和點白檸檬、檸檬或者鹽巴一起吃，倒也不錯。

「你覺得怎麼樣，我的手啊？」他向那死屍般痙攣的僵手問道。「我要為你再吃一點。」

他又吃切開的魚片餘下的一段。他細細地咀嚼，吐出魚皮。

「怎麼樣啦，我的手？還是太早，不能預料？」

他又取了一整塊魚肉，咀嚼起來。

「這條魚真結實，多血，」他想，「幸好我捉到的是它，而不是鯕鰍。鯕鰍太甜了。這條魚一點也不甜，還保存著養分。」

可是不務實際，胡思亂想，是沒用的，他想。希望有點鹽。我不知道太陽會不會把剩下的魚肉曬臭或者曬乾，所以雖然不餓，還是把它一起吃掉為妙。那大魚仍然鎮靜、平穩。我得把魚肉都吃掉，準備妥當。

「別著急，我的手，」他說，「我這麼做，全是為你。」

我希望能餵那大魚，他想。它是我的兄弟。可是我得把它殺掉，我得補足氣力，才能殺它。他緩緩地、盡責地吃光所有楔形的魚片。

他坐直了身子，在褲子上擦乾了手。

「好了，」他說，「你可以放鬆繩子了，我的手，在你停止胡鬧之前，我可以單用右臂來操縱大魚。」他用左腳踩在左手握過的粗索上，然後往後靠，以釣索的拉力為支持。

「主呀，饒了我的抽筋吧，」他說，「因為我不能預料大魚會怎樣。」

可是它顯得沉著，而且自有打算，他想。可是它有什麼打算呢，他想。我又有什麼打算呢？我的打算得看它如何而隨機應變，因為它體積龐大。只要它肯跳上來，我就能把它幹掉。可是它老待在水裡，我也只好永遠奉陪。

他把抽筋的手摩擦褲子，想使僵指放鬆。可是它還是張不開。也許曬到太陽，它就會張開，他想。也許要等到那結實的生鮪肉消化了，它才會張開。要是我非用左手不可，我自然可以不計一切，把它打開。可是現在我不願意勉強把它打開。讓它自己張開，自動復原吧。話得說回來，夜間，需要把釣索一一割開、解開的時候，我是用它過度了。

他眺望遠海，發現自己現在異常孤獨。他還看得見黑暗的深水裡那些七彩棱柱，還有向前伸延的釣索，和靜海上奇異的波動。雲堆正因貿易風而開始擁聚，他向前眺望，看見一行野鴨，背著天空，貼著水面，飛影清晰，一會兒又模糊，一會兒又清晰，才發現一個人在海上是永遠有伴的。

他想起，有些人不敢坐著小船出海，直到不見陸地，明知那正是颶風的季節。如今正是颶風的季節，可是颶風季節的氣候，在不起颶風的時候，卻是一年中最晴好的日子。

在海上，颶風將來時，常常幾天前就可以看見預兆。岸上看不見那種預兆，因為不懂如何觀察，他想。再加，在陸上看雲的形狀，也會不同。可是現在並無颶風來襲。

他仰視天空，但見白色的積雲擁聚，好像一堆堆可親的冰淇淋，高高在上還有那纖薄如羽的捲雲，襯在九月高曠的天頂。

「這是微風，」他說，「這種氣候對我比對你來得有利，大魚。」

他的左手仍在抽筋，可是他正把它慢慢地扳開。

我最恨抽筋了，他想。這是人體自己的陰謀。當著別人的面前，因為食物中毒而瀉肚子或者嘔吐，都很丟臉。可是痙攣——他心裡想著的卻是calambre[4]——卻使自己難

4 西班牙文「痙攣」之意。——譯者

堪，尤其是一個人的時候。

如果那孩子在這兒，他就會幫我揉手，從前臂一路揉鬆下來，他想。可是它會鬆下來的。

不久他的右手覺得釣索的拉動起了變化，接著又看到水中釣索的斜度有異。於是他靠在釣索上，又用左手急驟地猛拍大腿，接著便看見釣索慢慢地向上斜升。

「它衝上來了，」他說，「來吧，我的手。求求你，來吧。」

釣索慢慢地平穩地上升，接著船前的洋面龐然隆起，於是大魚破水而出。它不斷地湧出水面，海水從它的兩側瀉下。它閃著陽光，頭部和背脊呈深紫色，兩腰在日光下顯出淡紫色的寬闊條紋。它的劍嘴像棒球棒那麼長，又像窄劍那麼尖，它全身躍出水面，又像個潛水能手那麼平穩地落回海中；老人看著它那鐮刀一般的大尾巴沒入水中，於是釣索開始直射出去。

「它比小船還長出兩尺。」老人說。釣索射得既快且穩，大魚也沉著不亂。老人用雙手努力扯住釣索，不使它過緊而斷裂。他知道如果自己不能保持平穩的壓力以減低大魚的速度，那大魚便會拖完全部的釣索，將它拖斷。

這是條大魚，我得好好地收服它，他想。我絕對不能讓它發現它自己的力量，或者發現它只要一衝，就有怎樣的後果。如果我是它，我現在就會盡力猛扯，直到扯斷為止。謝天謝地，雖然它們比較崇高，能幹，它們並不如我們這些殺魚的人這麼聰明。

老人見識過許多大魚了。他見過許多一千磅以上的大魚，平生也捉過兩條那麼大的魚，但都不是獨力捕得。如今，在不見陸地的海上，他竟獨自困守著一生見過的最大的魚，比他聽說過的還要龐大，而自己的左手仍像鷹爪一樣地緊合。

它總會復原的，他想。不成問題，它總會恢復原狀，來幫助我的右手。鮪魚和我的雙手，這三樣東西猶如兄弟。它一定要復原。它真不應該抽筋。大魚又已慢了下來，正以原來的速度向前泳行。

我不懂它為什麼要跳上來，老人想道。它像是特別跳上來，讓我看看它有多龐大。我現在總算是看清楚了，他想。我希望我也能讓它看看我是何許人物。可是這麼一來，它就會看見我的僵手了。讓它把我幻想成更偉大的人物吧，我也會兌現的。但願我自己是這條大魚，他想，具有它的一切力量，來對抗我僅有的意志和智慧。

他舒適地靠在木板上，對於自己的傷痛，只好逆來順受；大魚不斷地泳行，小船也在深藍的海上緩緩前進。海面因東邊漸起的微風而略有起伏；到了中午，老人的左手已經復原。

「這是你的壞消息，大魚。」他說著，把遮住肩頭的布袋上面的釣索移動位置。

他一面感到舒適，一面又感到傷痛，可是他抵死不肯承認。

「我不信教，」他說，「可是只要能捉到這條大魚，我願意念十遍主禱文和十遍萬福馬利亞，我發誓如能捉到大魚，定去科伯的聖母那兒朝拜。我許下這個願。」

他開始刻板地禱告起來。有時他倦得記不得禱詞，便快念下去，把禱詞不知不覺地背了出來。萬福馬利亞比主禱文好念多了，他想。

「萬福馬利亞，滿被聖寵者，主與爾偕焉。女中爾為讚美，爾胎子耶穌並為讚美。天主聖母馬利亞，為我等罪人，今祈天主，及我等死後。阿門。」接著他又加上一句：「聖母喲，降福給這條將死的大魚。雖然它如此神奇。」

他禱告好，心裡覺得好受得多，可是傷痛還是照樣厲害，也許還厲害了一點；他靠著船頭木板，開始刻板地扭動左手的手指。

雖然微風漸起，陽光仍是炎熱。

「最好把拖在船尾的那條小索重新裝上引餌，」他說，「如果大魚打定主意再待一夜，我就得再吃點什麼，而瓶裡的水也很淺了。我想在這兒只能捉到鯕鰍。可是趁新鮮吃，倒也不壞。希望今夜會有飛魚撞進船來，可是沒有燈光逗引它們。飛魚生吃最鮮，而且不用切開。現在我得完全節省氣力。天哪，我不曉得它有這麼大。」

「我還是要殺它，」他說，「不管它多龐大，多神氣。」

雖然如此並不公平，他想。可是我要教它看看，一個男人有多大能耐，能吃多少苦。

「我對那孩子說過，自己是個老精靈，」他說，「現在正好證明。」

以前證明過一千次也不算數。現在他又得證明了。每一次都是從頭做起，而做的時候，他從不想念過去。

但願大魚能睡去，那麼我也能安睡，而且夢見獅子，他想，為什麼主要只記得獅子呢？別亂想了，老頭子，他對自己說。輕輕地靠在木板上，不要亂想。它正在用力。你自己盡量省力吧。

漸漸到了下午，小船依舊緩緩不斷地前進。這時東風加重了拉力，老人在微波的海上乘浪航行，背上的繩傷也感覺比較溫和、好受。

下午那釣索又一度開始升起。可是大魚只是繼續在略淺的海面下泳行。斜日照在老人的左臂、左肩和背部。他因此推斷大魚已經改向東北泳行。

既然看到大魚一次，他幻想得出那大魚正在水中游泳，紫色的胸鰭張開，有如雙翼，那豎直的大尾巴在暗海裡切過。不知道，它在那麼深的地方能看得多遠，老人想道。它的眼睛很大，而一隻眼睛小得多的馬也能在暗中探看。我以前也能在暗中一目了然，當然不是在漆黑的時候，可是幾乎也眼明如貓。

靠著陽光和手指不住的動彈，他的左手現在已經完全復原，他便開始讓它多負擔力量，又聳起背肌，稍微躲開那粗索的擦痛。

「要是你還不累的話，大魚，」他大聲說，「你可真奇怪。」

現在他覺得非常疲倦，知道黑夜即將來臨，便努力想念別的事情。他想起那些棒球大隊，自然在他想來，那些都是所謂Gran Ligas[5]；他知道紐約的北美隊此刻正對上底特律的老虎隊。

我不曉得比賽的結果，到現在已有兩天了，他想。可是我得有信心，我應該對得起偉大的第馬吉奧，他就在骨刺發痛的時候，也照樣把事情做得十全十美。骨刺是什麼？他自問道。就是un espuela de hueso[6]。我們沒有這種病痛。它會像腳跟裡藏鬥雞的利爪那麼痛嗎？我想我可受不了那種刺痛，或者丟了一隻甚至兩隻眼睛還要像鬥雞那樣鬥下去。人和大鳥巨獸相比，簡直渺小可憐。我寧可做深藏在暗海裡的那條巨魚。

「除非有鯊魚來，」他大聲說，「如果鯊魚來了。天保佑我們吧。」

你相信偉大的第馬吉奧會像我這麼長久地守住一條大魚嗎？他想。我相信他會的，說不定還要久些，因為他年輕力壯。再加他的父親也做過漁夫。可是骨刺不會把他刺得太痛嗎？

「這我不清楚，」他高聲說，「我從來沒有過骨刺。」

日落後，為了加強信心，他便追憶自己往日在卡薩布蘭卡的酒店裡，曾和碼頭上的大力士，從先富威戈斯來的黑大漢，較過臂力。兩人把肘都靠在桌面的一條粉筆線上，

5 即西班牙文「大聯隊」之意。——譯者
6 西班牙文「骨刺」之意。——譯者

舉直了前臂，握緊了手，就這麼拚了一天一夜。兩人都想把對方的手壓倒在桌上。賭注熱烈，許多人在煤油燈下進進出出，他只注視著黑人的手、臂和臉部。開頭的八小時後，他們每隔四小時便調換一批裁判，好讓那些裁判輪流睡覺。血從兩人的指甲下面流了出來，他們卻互視對方的眼睛、對方的手與前臂；賭客在房內進進出出，又坐在靠牆的高椅上觀戰。牆壁用木板製成，漆了鮮明的藍色，油燈把他們的影子投射在壁上。黑人的身影異常魁偉，每當微風搖撼油燈，那影子便在壁上晃動。

戰況整夜起伏不定，他們倒甜酒給黑人喝，又為他點香菸。那黑人喝過甜酒，便奮力比賽，一度把老人（在那時當然不是老人，而是「選手桑地雅哥」）壓歪了將近三英寸。可是老人重新把手扳回對平。當時他就自信已經懾服了那黑人，哪怕他是個好漢，是個大力士。天亮後，正當賭客提議判成和局，而裁判正在搖頭，他卻使出氣力，把那黑人的手直壓下去，壓下去，終於壓倒在桌板上面。比賽從星期天早晨開始，直到星期一早晨才罷。許多賭客曾要求判成平手，因為他們得回到碼頭上去裝運糖袋，或者去哈瓦那煤礦公司上工。否則，所有的賭客都願意看比賽到底。可是他還是賽完了，讓賭客都及時去上工。

此後很久，人人都叫他冠軍，到了春天，又有一次複賽。可是這次賭注不大；因為他在初賽中便已粉碎了那先富威戈斯黑人的信心，這次便贏得十分輕易。後來他又參加了幾次比賽，也就不再賽了。他斷定自己如果非勝不可，簡直就天下無敵，又斷定這種比賽會傷害右手，不利捕魚。他曾經試用左手和人練賽。可是他的左手老是不爭氣，老是不聽使喚，所以也就不靠它了。

現在太陽會把它曬開的，他想。除非是在夜裡凍過了頭，它再也不會害我抽筋了。不曉得今夜又將如何。

一架飛機掠過上空，飛向邁阿密[7]；他看見機影驚起了成群飛魚。

「既然飛魚這麼多，一定是有鯕鰍，」他說，又向後抵住釣索，看能否拉回來一段。可是他拉不動，那釣索到了緊張而且滴水欲斷的程度，便牢不可動了。小船緩緩地前進，他望著那飛機，直到不見影子。

7 Miami，美國佛羅里達州海港名。——譯者坐在飛機裡一定很怪，他想。不知道那麼高俯視大海是什麼樣子？只要飛得不太高，應該看得清魚兒的。真想在兩百英尋高的上空慢慢地飛行，而且從上面俯視魚群。在龜船上，我總是站在牆頂的橫桁上面，就在那種高度，我也看得不少。在那高處望下去，鯕鰍顯得更綠，可以看見它們的條紋和紫色斑點，還可看見整群在游行。為什麼深暗的灣流裡所有游行迅速的魚類都有紫色的背脊，而且常有紫條或紫斑？鯕鰍看起來自然是綠色，因為它本來是金黃色。可是餓急了，游來覓食的時候，它的兩脇便顯出紫色條紋，就像馬林魚一樣。是不是因為發怒，或是加速，就會顯出這些條紋？

天快黑時，小船經過大如島嶼的馬尾藻叢，這些水草在微波的海上起落晃動，好像海洋正在黃色的毯子下面跟人做愛。正在這時，他的小釣索鉤住了一條鯕鰍。開始他看見它躍入空中，在落日的餘輝裡閃著金黃，在半空急劇扭身拍尾。因為恐懼，它像個賣藝人那樣一次又一次地跳躍。他努力掙回船尾蹲了下來，用右手和右臂握住粗索，再用左手把鯕鰍拖攏，每拖進一段釣索，便用赤著的左腳把索踩住。等到鯕鰍拖到了船尾，正在拚命跳上跳下，又左右亂衝，老人便靠在船尾，把滿身紫斑、閃著金光的魚兒提進船來。它兩顎痙攣張合，頻咬鈎鉤，又長又扁平的身體和頭尾猛拍船底，直到他用棍子亂打它那金閃閃的頭，打得它索索發抖，寂然不動。

老人自魚身取下釣鉤，重新安上一條沙丁魚，把釣索摔出船外。接著他又慢慢地掙回船頭。他洗過左手，在褲子上擦乾。於是他把粗索從右手換到左手，再在海水裡洗右手，一面望著太陽落入大洋，粗索斜入水中。

「它一點也沒有變。」他說。可是看看海水沖手的流勢，他發現速度顯然已經慢了下來。

「我要把兩支槳一齊橫綁在船尾，夜間就會使它慢下來。」他說，「它能熬夜，我也能。」

等一下最好取出鯕鰍的內臟，可以保存肉裡的血分，他想。我可以等一下再做那件事，到那時還可以捆住雙槳，加重拖力。現在我最好讓大魚安靜，日落時也不要過分驚動它。太陽下去的時候，魚類最不安了。

他讓手在空中吹乾，便用乾手握緊釣索，讓自己盡量輕鬆一下，又靠著木板讓大魚把自己向前拖去，這樣小船就可以承受和他同樣或更大的拖力。

這件事我還得學呢，他想。至少眼前這一步。還有，別忘了它從咬住魚鉤到現在，還沒有吃過東西，而它又這麼龐大，需要多吃。我吃了整條鮪魚。明天我還可以吃鯕鰍，他叫鯕鰍做「多拉多」[8]。也許把它弄乾淨了，我就得先吃一點。它比鮪魚難吃。可是，話得說回來，什麼事都不容易。

「你覺得怎麼樣，大魚？」他大聲問道。「我覺得很舒服，我的左手已好些了，而且我還有一天一夜的糧食。拖船吧，大魚。」

他並非真正覺得舒服，因為他背上粗索的擦痛幾已超過痛苦，成了他不能置信的麻木。可是我經歷過更糟的情況，他想。我的右手只割傷了一點，左手抽筋也已經復原，兩腿都好。再加，我在糧食方面也占了它上風。

現在已經昏黑，因為九月間，太陽落後，天很快就黑了。他靠著船頭磨舊了的木板，盡量休息。初夜的星星已經湧現。他不識萊吉爾[9]的名字，卻望得見它，並且知道不久群星都會出齊，都成了他的遠方朋友了。

「大魚也是我的朋友，」他大聲說，「從來沒見過或聽說過這麼一條魚。可是我還是得殺掉它。幸好，我們不需要去刺殺星星。」

想想看，要是一個人天天都得設法去刺殺月亮，他想。月亮逃掉就算了。可是想想看，如果一個人天天都得努力去刺殺太陽，又怎麼辦？我們真是天生好命，他想。

於是他又可憐那大魚沒有東西吃，可是要殺掉它的決心絕不因對它的憐憫而放鬆。它要供給多少人食物喲，他想。可是他們配吃它嗎？不配，當然不配。照它的行為方式和它巍然的尊嚴看來，誰都不配吃它。

我可不懂這些事情，他想。可是幸好我們不必設法去屠殺太陽、月亮，或者星星。能夠靠海活命，而且屠殺我們真正的兄弟，也就夠了。

現在我得想想那拖力了，他想。拖力有風險，也有好處。如果那大魚發狠，雙槳的拖力生效，而小船加重的話，我可能丟掉很多線，因而把大魚也丟掉了。船輕了，我們雙方的罪還有得受，不過我倒保險，因為大魚的速度很快，但迄今尚未施展出來。無論如何，我總得取出鯕鰍的內臟，免得它爛掉，而且得吃點鯕鰍肉，才能保持體力。

現在我要再休息一個鐘頭，還要先看看它是否堅強，平穩，才能到船尾去幹活，作

8 Dorado，「金鯕鰍」之意。——譯者

9 Rigel，獵戶座中一顆淡藍色的一等星，與Betelgeuse遙遙相對。——譯者

個決定。同時我還可以看它如何行動，有沒有變化。雙槳是個妙計；可是現在應該爭取安全了。它元氣未喪，我還看見它嘴角掛著魚鉤，並且把嘴緊閉。魚鉤的刺痛不算什麼。最要緊的卻是饑餓的煎熬，加上不懂敵人究竟是誰。現在就休息吧，老頭子，讓它使勁去，到你下一班值夜再說。

他自信休息了兩小時。現在月亮升得很遲，他沒法判斷時間。其實他也不能算是休息，不過比較好些罷了。他的兩肩仍然負擔著大魚的拖力，可是他把左手靠在船頭的木板邊上，把抵抗大魚的事情漸漸地移給小船本身去負擔。

如果我能把繩子繫牢，該多麼簡單，他想。可是它只要輕輕地一歪，就會把釣索掙斷。我得用自己的身體墊著釣索，而且隨時準備用雙手放索。

「可是你一直還沒睡過覺呢，老頭子，」他大聲說，「熬了半天一夜，現在又是一天了，你還沒睡過。如果它安靜，平穩的話，你得想法睡一下。如果不睡，你會頭腦不清的。」

我的頭腦倒是夠清醒的，他想。太清醒了。清醒得像我的星星兄弟一樣。可是覺還是得睡的。星星要睡覺，月亮和太陽也要睡覺，就連海洋，間或在沒有灣流，平坦安靜的時候，也要睡覺的。

記住要睡覺，他想。讓自己安睡吧，想些簡單而又可靠的方法來處理釣索吧。現在，回頭去弄鯕鰍吧。如果要睡去，則捆綁雙槳是太危險了。

我不睡也行，他對自己說。可是那樣太危險了。

他留心不讓大魚驚覺，開始手膝並用爬回船尾。它自己恐怕也是半睡半醒的，他想。可是我不要它休息。我要它拖死為止。

到了船尾，他轉過身來，用左手握住背在肩頭的釣索，又用右手把小刀拔出鞘來。這時星光燦爛，他把鯕鰍看得清楚，便用鋒刃插進它的頭部，把它從船尾拖出來。他用一隻腳踩住魚身，從肛門直到下顎的尖端，很快地把它切開。接著他放下小刀，用右手把鯕鰍的內臟挖空，又把兩鰓拔個乾淨。他摸到胃部，感到又重又滑，便把它切開。裡面還有兩條飛魚，新鮮而又堅硬，他把飛魚並排放好，將內臟和兩鰓抛出了船尾。它們沉了下去，在水中留下一條磷光。這時鯕鰍在星光下凍冷，顯出癩病似的灰白色，老人用右腳踩住魚頭，剝開一邊的皮。接著他把它翻過身來，剝另一邊的皮，又從頭到尾把兩邊剖開。

他把殘骸滑出船外，看看海水有無波動。只見到它緩緩下沉時發出的亮光。於是他轉過身來，把那兩條飛魚夾在鯕鰍的兩片肉裡，又把小刀插回鞘中，然後慢慢地掙回船頭。背上那釣索的重量壓彎了他的背脊，他用右手拖著鯕鰍。

到了船頭，他將兩片魚肉在木板上攤開，又把飛魚放在旁邊。然後他把繞過肩頭的釣索稍稍挪動，又用靠在舷邊的左手把釣索握住。接著他又俯靠在船邊，在海水裡洗滌飛魚，一面注意海水沖手的速度。他的手因為剝過魚皮而發磷光，他便注視海水衝擊手的流勢。流勢已經轉弱，他用手邊摩擦船板，磷屑便順水流去，慢慢地漂向船尾。

「它不是累了，就是正在休息，」老人說，「現在我好歹吃些鯕鰍肉，然後休息一會，小睡一下。」

星光之下，夜越來越涼，他吃了半片鯕鰍肉和一條去了內臟割了頭部的飛魚。

「鯕鰍煮熟了多好吃，」他說，「可是生吃真是難吃。以後我上船，一定要帶點鹽巴或白檸檬。」

他想，要是我聰明，就該整天把海水潑在船頭上，讓它曬乾了變鹽。可是，話得說回來，我直到快晚的時候才釣到那條鯕鰍。當然，這還是缺少準備。不過我還是嚼得很久，並不想嘔。

東邊的天空布滿了雲朵，他熟悉的星星一顆顆隱去。他這時好像正飄入雲朵堆成的大峽谷，風已平息。

「三四天後天氣要變壞，」他說，「可是不在今晚，也不在明天。現在大魚平靜而又穩定，老頭子，弄好釣索就睡一下吧。」

他用右手緊握釣索，然後用大腿抵住了右手，把全身的重量都靠在船頭的木板上。接著他把肩頭的釣索稍微向下移，用左手抵住。

我的右手只要握緊了，就可以一直扶下去，他想。如果我睡時右手鬆了，釣索給拖出去，左手就可以把我驚醒。右手自然很苦，可是已經苦慣了。就算能睡二十分鐘或者半小時，也是好的。他向前靠，全身緊抱釣索，把整個重量交給右手，便這麼睡去。

他不曾夢見獅子，卻夢見綿延八至十里長的一大群鼠海豚。那正是交配時期，它們躍入高空，又落回原來躍起時留在水中的漩渦。

不久他又夢見自己正躺在村中自己的床上，外面颳著北風，他感到異常寒冷，右臂也已經沉睡，因為他的頭把它當做枕頭，靠在上面。

然後他開始夢見那漫長的黃色海岸，又看見薄暮中第一隻獅子來到岸邊，接著別的獅子也陸續來到；他把下巴靠在船頭的木板上，大船迎著陸上吹來的晚風，泊在岸邊；他等待更多的獅子出現，感到欣然。

月亮已上升多時，可是他繼續做夢，大魚也繼續平穩地拖行，而小船便航進雲洞裡去。

他醒來，發現右手的拳頭一扭，打在臉上，釣索從他的右手熱辣辣地給拖了出去。他的左手失去感覺，他盡力用右手拉住釣索，繩子直射出去。終於他的左手感覺到了釣索，他便向後仰拉釣索，這時才發現釣索擦痛了背脊和左手，左手卻獨力撐持，割得很痛。他回頭去看繩圈，見它正在平穩地放線。正在這時，大魚衝破了一大片洋面。跳出水來，接著又沉重地落下。於是它一遍又一遍跳出水來，儘管釣索照樣直射出去，小船卻向前疾馳，老人屢次把釣索拉到要斷的程度。他給拉倒，緊緊地伏在船頭，臉孔卻埋在切開的鯕鰍肉片裡，動彈不得。

我們等的正是這時候，他想。現在讓我們應戰吧。

我要叫它賠我的釣索，他想。我要它賠。

他看不見大魚跳躍，只聽見海水迸裂，還有它落水時浪花四濺的重響。疾射的釣索把他的雙手割得很痛，可是他久已料到有此一著，便努力使釣索在長有老皮的部分割過，不讓它滑進手掌，或者割傷手指。

如果那孩子在這兒，他就會把繩圈沾濕，他想。對呀。但願那孩子能在這兒。但願那孩子能在這兒。

釣索向外拖開，拖開，又拖開，不過現在已經慢了下來，他拉住釣索，不讓大魚便宜一寸。這時他從木板上自己面頰緊壓住的鯕鰍肉片裡抬起頭來。接著他跪起來，又慢慢地站起。他把釣索放出去，可是越放越慢。他向後掙扎，雖然看不見繩圈，卻能用腳踩到。剩索還很長，現在大魚得在水中苦拖整段新的繩子。

對了，他想。現在它跳過十二次以上，背上的氣囊脹滿了空氣，再也不能沉到我無法拖它上來的深海裡去淹死了。馬上它就要開始打圈子，我要收拾它了。不懂到底為什麼它突然受驚？是不是因為餓急了，還是在黑夜裡有什麼東西嚇了它了？也許它忽然害怕起來了。可是這條魚那麼沉著而強壯，像是勇敢而又自信。真怪。

「你自己才應該勇敢而又自信呢，老頭子，」他說，「你又把它拉住了，可是釣索你拉不回來。不過它馬上就得打旋了。」

老人用左手和兩肩把它拉住，俯身用右手汲起海水，沖洗臉上壓碎的鯕鰍肉。他深怕腥肉會引起嘔吐，喪失氣力。他洗淨臉，又靠在船邊，在水裡洗濯右手，然後把手浸在鹹水裡面，望著日出前初透的曙色。它幾乎向東邊去了，他想。這表示它已經疲倦，正隨著灣流漂浮。馬上它就得打圈。我們真正的苦鬥就要開始了。

他認為右手在海水裡已經浸得夠久，便抽出來，細加注視。

「還不錯，」他說，「男子漢不在乎吃苦。」

他小心翼翼地握住釣索，不讓它滑進新的繩傷，又轉移重心，靠在小船的另一邊，把左手伸進海水。

「你這廢物還不太差，」他對自己的左手說，「可是剛才一下子你都不聽我使喚了。」

為什麼我不生兩隻好手呢？他想。也許該怪我沒有好好地訓練那一隻手。可是天曉得，它有的是練習的機會。它在夜間幹得還不壞，也只有抽過一次筋。要是它再抽筋，就讓繩子把它割掉。

他想到這兒，知道自己的頭腦已不清醒，認為應該再吃點鯕鰍。可是我吃不下了，他對自己說。頭昏總比嘔吐得喪失氣力好些。而且我的臉曾經悶在鯕鰍肉裡，要是我再吃肉，我知道就不能留肉了。在肉變壞之前，我得留它下來應急。可是現在才要吃補來增加氣力，已經來不及了。你真笨，他對自己說。吃另一條飛魚嘛。

飛魚躺在那兒，乾淨可吃，他用左手取食，細嚼骨頭，一直吃到尾巴。

它幾乎比別的魚都來得補人，他想。至少可以增加我需要的那種氣力。現在我已經盡了力量，他想。讓它開始打圈子，讓戰鬥開始吧。

自從他出海以來，這已是第三次日出，大魚卻在這時開始打圈。

他從釣索的斜度上還看不出大魚是在打圈。那還早呢。他只覺得釣索的拉力微微鬆懈，便開始用右手輕輕地拉扯釣索。釣索照常緊張起來，可是正當他拉到要斷的時候，釣索竟開始回收。他把肩膀和頭從索下滑出來，開始平穩地、輕輕地拉進釣索。他揮動兩手，盡力利用身體和兩腿來幫助拉扯。他的老腿與老肩應和著拖索的搖擺而轉動。

「好大的圈子，」他說，「總算在打轉了。」

於是釣索再也拖不進來，他把釣索拉住，直到陽光中看見釣索跳下了水珠。接著它又拖了出去，老人便跪下來，很不甘心地讓它重回到深暗的海水裡去。

「它正朝外打圈子呢。」他說。我得盡力拉住，他想。拉緊了，它的圈子會一次比一次縮小。也許一小時內，我就能看見它了。現在我得鎮服它，然後再殺掉它。

可是那大魚仍舊緩緩地打圈子，兩小時後，老人卻周身汗濕，直累到骨頭裡去。可是現在圈子已經小得多了，從釣索傾斜的程度，他看出大魚一面游泳，一面已經不斷浮升。

老人看見眼前出現了黑點，鹹的汗水打濕了他的眼睛，割痛他眼上額上的傷痕，這樣已經一個鐘頭。他並不怕那些黑點。他這麼緊拉釣索，看見黑點是很自然的。可是他曾有兩次感到暈眩，他怕的就是暈眩。

「我不能像這樣對不起自己，為一條魚送命，」他說，「好容易這麼順利把它拖了攏來，上帝保佑我撐下去吧。我願意念一百遍主禱文，一百遍萬福馬利亞。可是現在我念不來。」

算它念過好了，他想。以後我再補念。

正在這時，他從兩手拉住的釣索上覺得突然有一下劇動和掙扎。這一下又急，又狠，又沉。

它正用自己的尖槍在打那腸線呢，他想。那是免不了的。它非得那樣。那樣可能使它跳起來，我倒寧願它現在待在水裡打旋。它要吸氣，就得跳起來。這樣一來，每跳一次，釣鉤的傷口就會加寬，它會把釣鉤掙掉了。

「別跳吧，大魚，」他說，「別跳吧。」

大魚又打了腸線幾次，每當它摔動頭部，老人便放出一小段索。

我得抓住它的要害，他想。我自己痛沒有關係，我能夠忍痛，可是它痛苦會發狂。

不久那大魚停止對腸線的反擊，又開始緩緩繞圈。老人這時在不斷地收索。可是他重新感到了暈眩。他用左手淘起一點海水，拍在頭上。接著他再淘，又摩擦頸背。

「我沒有抽筋，」他說，「它馬上就會浮上來，我也撐得下去。你一定得撐下去。提都別提。」

他靠著船頭跪下，暫時又把釣索滑上了背脊。現在我要休息一下，讓它向外打圈子去，等它游近時，再站起來收拾它，他下了決心。

他真想在船頭休息一下，不收釣索，讓大魚自己去轉一圈。可是等到那拖力表示大魚已經轉身向小船游來，老人便站起來，開始用轉身和揮手的姿勢，拖拉釣索，他以前收繩全是用這種姿勢。

我從來沒這麼累過，他想，現在貿易風又起了。可是貿易風可以幫我拖它回去。太有用了。

「等它下一回游出去，我就休息一下，」他說，「我感覺好過得多了。再過兩三轉，我就可以捉住它。」

他的草帽直歪到腦後，他順著釣索扯動的勢子，縮進了船頭，一面感到那大魚正在打轉。

現在讓你去忙吧，大魚，他想道。轉過來，我就捉你。

海面的起伏變劇。幸好這是順風，他也得靠它才能回去。

「我只要向西南方走，」他說，「男子漢在海上是不會迷路的，何況這島很長[10]。」

到了第三個圈子，他初次看見了那條大魚。

開始看到，像一個暗影，歷時很久才在船下游過，他簡直不能相信它有這麼長。

「不對，」他說，「它不會那麼大。」

可是它就有那麼大，而且打完圈子，它竟在三十碼外浮到水面，老人看見它的尾巴露出水來。它比一把大鐮刀還高，在深藍的水面上顯出很淡的紫色。不久它又掃了回來，因為大魚就貼近水面游泳，老人看得見它魁偉的軀體和周身纏繞的紫色條紋。它的背鰭下垂，可是那巨大的胸鰭卻張得很開。

這一圈，老人看見了大魚的眼睛和繞它而泳的兩條灰色的鮣魚。有時它們吸住大魚，有時又猛然跳開，有時又在它的身影裡悠閒地游動。它們的長度都在三尺以上，每當疾泳的時候，周身便像鰻魚一樣刷來刷去。

這時老人已經流出汗來，可是並非由於陽光。每逢大魚平穩地轉彎，他便收進釣索；他深信再打兩圈，他就有機會把魚叉插進去了。

可是我得把它收近來，越近越好，他想。我不能瞄頭。我得插中它的心臟。

10　古巴島東西的長度在一千公里以上。——譯者

「你要沉著，堅強，老頭子。」他說。

到了下一圈，大魚的背脊已露出水面，可是離小船還是太遠了一點。再繞一圈，它還是離船太遠，可是出水較高，老人深信只要再收進一段釣索，就能把它拖到船邊來了。

他老早就把魚叉裝上了繩子，那一捲細索盛在一個圓籃子裡，索尾緊繫在船頭的纜柱上。

這時大魚已經打著圈子游了攏來，安詳，俊美，只有那大尾巴在搖動。老人盡力拉它，想把它拖近來些。大魚向側邊微微歪了一下。不久它又游正，開始另一個圈子。

「我把它拉動了，」老人說，「拉動了。」

他又一次感到暈眩，可是盡力把大魚拉住。我把它拉動了，他想。也許這一次我就能把它拉過來。拉吧，我的手，他想道。踩牢了，我的腳。撐下去，我的頭。撐下去。你從來沒誤過事。這一次我要把它拉過來。

大魚還不曾游到船邊，他便使盡平生之力，拚命拉扯，那大魚被拉歪了一點，不久又浮正，游開。

「大魚，」老人說，「大魚，你總歸是要死的。你一定要我也同歸於盡？」

像這麼下去是毫無結果的，他想。他的嘴巴乾得說不出話來，可是現在又夠不著水。這一次我一定拉它到船邊來，他想。再多轉幾圈，我可受不了。不，你受得了，他對自己說。你能夠撐到底。

又一圈，他幾乎捉住了它。可是大魚又浮正了，緩緩地游開。

你這是要我的命，大魚，老人想道。當然你有權利這麼做。兄弟，我從來沒見過一樣東西，比你更偉大，更漂亮，更沉著，更尊貴。來吧，來殺我吧。我不在乎誰殺誰。

你又糊塗了，他想。你要保持鎮靜。保持鎮靜，像男子漢一樣吃苦。或者像條魚，他想。

「清醒一下，我的頭，」他用自己都聽不清楚的音調說道，「清醒一下。」

又轉了兩圈，還是一樣。

我不懂了，老人想道。每次他幾乎都覺得自己要垮了。我不懂。可是我要再試一次。

他又試了一次，等到他拉轉大魚的時候，又覺得自己要垮了。大魚浮正了身子，在水面上搖動大尾巴，又緩緩地游開。

我要再試一次，老人下了決心，可是現在他的雙手已經磨爛，眼睛也只能間或一瞥。

他又試了一次，還是一樣。果然，他想道；還不曾開始，他就已感到撐不下去；我還是要再試一次。

他把自己周身的痛苦、殘餘的精力，和久已失去的自尊孤注一擲，和痛苦的大魚對抗；大魚的尖嘴幾乎碰到了船板，它游攏舷邊，輕輕地側泳著，開始掠船而過，修長，深厚，寬闊，銀白，周身繞著紫紋，在水中游行不盡。

老人丟下釣索，用腳踩住，又盡量高舉魚叉，使盡平生之力（比剛才更使勁），對準魚腰上高及老人胸部的那片大胸鰭後面的部分，把魚叉直插下去。他感到鐵進了肉，便靠在上面，推叉深入，用全身的重量猛推。

於是大魚垂死奮鬥，凌空一躍，高出水面，又長，又寬，又雄偉，又宏美。它似乎跳得高過小船上老人的頭頂，懸在半空。接著它又砰然落入水中，濺得老人滿身滿船都是浪花。

老人感到暈眩，難過，又看不清楚。他理好魚叉的繩子，讓它從自己粗糙的手裡慢慢地拖過，等到恢復了視力，他才看見大魚已經背脊朝下，翻上了銀白的肚皮。魚叉的鐵柄斜插在大魚肩上，海水給魚心的鮮血染成紅色。在深逾一英里的藍色海水裡，開始它暗暗的，像一條沙灘。不久它就散開來，像一條雲彩。大魚銀白，死寂，只是隨波漂流。

老人藉著現在瞥見的視覺，留心觀察。於是他把魚叉的拖索在船頭的纜柱上繞了兩圈，便垂頭靠在手上。

「我要清醒一下，」他靠在船頭的木板上說，「我是個疲倦的老頭子。可是我殺死了自己的兄弟，這條大魚，現在我又得做苦工了。」

現在我要準備繩子，打好活結，把它綁在船邊，他想。就算我有兩個人，不怕船上水滿，把它抬上船來，再把水排出去，這只小船也裝它不下。我要把一切準備妥當，把它拖攏，綁好，再豎起桅杆，揚帆回家。

他動手把大魚拉攏船邊，好用繩子穿過它兩鰓，從嘴裡拉出來，把它頭部齊著船頭綁好。他想，我真想看看它，碰碰它，摸摸它。它是我的財產了，他想。當然那並不是我想摸它的原因。我想我已經摸著它的心了，他想。那是當我第二次猛推魚叉的時候。現在就把它拖攏來靠緊，再用一個活結套住它的尾巴，一個活結套住它的腰部，將它捆在船邊。

「動手吧，老頭子。」他說。他喝了很淺一口水。「拚過了命，還要做許多苦工。」

他仰視天空，又打量大魚，又熟視太陽。才過中午不久，他想。貿易風漸起。現在這些繩子都不要緊了。回到家裡，那孩子和我可以把它們接起來。

「來吧，大魚。」他說。可是大魚不攏來。它反而躺在波間，翻來滾去，老人便把小船拉上去就它。

等到小船和它並齊，把魚頭拉攏船頭，他簡直不能相信它有那麼大。他從纜柱上解下魚叉的繩子，穿過魚鰓和牙床，在劍嘴上繞了一轉，再穿過另一邊的鰓，又在嘴尖上繞了一轉，然後把雙繩打一個結，繫在船頭的纜柱上。接著他割下繩子，去船尾把魚尾套好。大魚已從原來銀紫相間的顏色轉成銀白，那些條紋也顯出像尾巴一樣淡紫的顏色。條紋比伸開五指的人手還要寬闊，那魚眼已經淡漠，像潛望鏡的鏡片，又像遊行行列裡的聖徒。

「只有這樣才能殺死它。」老人說。喝了水他覺得好過些，他知道自己不會昏倒，頭腦也還清醒。看樣子它不止一千五百磅，他想。也許還重得多。如果剖好了有三分之二那麼重，而且每磅賣三毛錢的話？

「我要用鉛筆才算得清，」他說，「我的頭腦還沒有那麼靈敏。我想今天那偉大的第馬吉奧也會引我為榮。我沒有害骨刺。可是兩手和背脊可痛得厲害。」不懂骨刺到底是什麼，他想。也許我們害上了還不曉得。

他把大魚在船頭、船尾和船腰的坐板上綁好。這麼大，像是在小船旁邊綁了一條大得多的漁船。他割下一段繩子，把大魚的下顎連尖嘴綁住，這樣一來，它的嘴再不會張開，他們就可以毫無牽掛地向前航行。接著他豎起桅杆，把用做斜桁的棍子和帆槓用繩繫好，又扯起補過的布帆；於是小船開始移動，他便斜臥在船尾，向西南航行。

他不用指南針告訴他哪兒是西南方，他只需探探貿易風和布帆的吹動。最好把個匙鉤綁在小繩子上，放出去弄點東西吃，而且喝點東西潤喉。可是他找不到一把匙鉤，沙丁魚也爛了。他便用魚鉤鉤起一片流過的黃灣草，把草內的小蝦子抖落到船板上來。有一打以上的小蝦，都像沙蚤一樣跳來跳去，老人用拇指和食指把它們的頭摘掉，將它們連皮帶尾地咀嚼吞下。它們都很細小，可是他知道吃了補人，而且味道鮮美。

老人的瓶裡還剩下兩口水，他吃過小蝦，便喝了半口。小船雖有大魚礙事，總算還航行順利，他把舵柄夾在脇下撐舵。他看得見那大魚，只要望望自己的兩手，摸摸自己靠在船尾的背脊，就曉得這是事實，而不是幻夢。當他末了感到非常難受的時候，一度還以為這也許是一場夢。後來等到他看見大魚跳出水來，在落下前一剎那，懸空不動，又覺得非常古怪，不敢相信。雖然此刻他視覺清晰，一如往昔，可是當時他卻看不清楚。

現在他明知大魚就在眼前，他的雙手和背脊也非虛幻。兩手很快就會好的，他想。我把手上的血出清了，鹹水可以把它們治好。真正的深暗灣流是世界上最有效的良藥。我只要保持頭腦清醒就行了。雙手已經完工，我也一帆風順。大魚閉住嘴巴，豎直尾巴，我們就像兄弟一樣航行。不久他的頭腦又有點糊塗起來；他想，到底是它在拖我回去呢，還是我在拖它回去？如果是我在前面拖它，自然沒有問題。或者是它垂頭喪氣，給裝在船上，那也沒有問題。可是大魚和小船並排綁住，一同航行；老人想道，只要它高興，就讓它拖我回去吧。我不過用詭計占了它的上風，它對我是並無惡意的。

他們順利地航行，老人把兩手浸在鹹水裡面，力求清醒。頭頂有高高的積雲，還有夠多的捲雲，老人知道微風會整夜不停。老人時常望著大魚，唯恐它是虛幻。一小時後，第一條鯊魚來襲。

那鯊魚不是偶然碰上的。濃雲一般的魚血在深及一英里的海中下沉，散開，它便從深邃的水底直衝上來。它向上疾升，毫無忌憚，終於衝破藍色的水面，到陽光之下。接著它落回海中，尋到了腥味，便開始沿著小船和大魚經過的路線，向前泳行。

有時它跟丟了腥味。可是不久它又尋著，或者只追到一痕氣息，便一路努力疾泳。這條馬科鯊體積異常龐大，在海裡游得最快，除了牙床，周身無處不美。它的背脊像旗魚一樣發藍，腹部銀白，皮膚光滑而優美。現在它緊貼在水面下，高舉背鰭筆直不動地切過波間；它一面疾泳，一面緊閉巨大的牙床，除了牙床，它和旗魚的體形完全一樣。它那八排利齒在兩顎閉住的雙唇裡，一齊向內傾斜。這些牙齒和許多鯊魚常有的金字塔形的牙齒不同，倒像捲如獸爪時的人指。它們和老人的手指差不多長，兩旁還有利如刀片的銳邊。這種魚天生來吞食海裡一切的魚，不管它們多快多壯，武裝又多犀利，因此除卻馬科鯊外再無其他敵手。這時它嗅到了更新鮮的腥味，便用藍色的背鰭切開海水，向上疾泳。

老人看見它跟了上來，知道這種鯊魚毫無忌憚，一意孤行。他一面望著鯊魚跟上來，一面準備魚叉，繫好拖索。拖索嫌短，因為他早已割下了一段，去綁大魚了。

這時老人的頭腦已經清醒，健好，他滿懷決心，可是不存奢望。好景不長，他想。他望著鯊魚直游攏來，向大魚瞥了一眼。但願這是一場夢，他想。我沒法躲避它，可是我可能打中它。「牙利鬼」，他想。交你娘的霉運。

鯊魚很快地游到船尾，咬住大魚，老人看見它張開嘴巴，看見它古怪的眼睛，聽見它的利齒猛咬魚尾前面的厚肉時清脆的聲響。鯊魚的頭昂出了水面，背脊也跟著冒出水來，老人聽見它的皮肉和大魚相磨的響聲，便舉起魚叉，向鯊魚頭上兩眼中間的條紋和鼻上划向背後的條紋相交的那一點，猛刺下去。其實它身上並沒有這種條紋。只有那又粗又尖的藍色頭部和大眼，和那向前猛咬、發出脆響、無所不吞的牙床。可是那一點正是魚腦的部位，老人便向那兒猛擊。他用血汙的爛手把那根結實的魚叉盡力插下。這一下並不存奢望，可是下了決心，十分凶狠。

鯊魚猛然翻身，老人看出它的眼睛已無生意，接著它又翻了一次，身上繞上了兩圈繩子。老人曉得它已經送命，可是它不肯認輸。不久它背脊朝下，拍動尾巴，磨響牙齒，像一條快艇滾過了波間。它的尾巴把海水打成一片白浪，四分之三的身體都湧出水面；拖索先是拉緊，繼而顫抖，不久啪地拖斷。老人望著那鯊魚在水面靜靜地躺了一會。不久它便緩緩地沉下海底。

「它拖走了近四十磅肉。」老人大聲說。還拖走了我的魚叉和全部繩子，他想，現在我的大魚又在流血，不久還會有別的鯊魚追來。

他不再喜歡望著大魚，因為它已經殘缺不全。大魚被咬的時候，他像是身受其痛。

可是我幹掉了咬我大魚的鯊魚，他想。那是我見過的最大的「牙利鬼」。天曉得我見過許多大鯊魚。

好景總是不長，他想。但願這是一場噩夢，但願我不曾捉過這條大魚，但願我獨臥在墊著報紙的床上。

「可是人不能認輸，」他說，「人可以毀滅，但不能屈服。」真不該宰掉這條大魚的，他想。現在難關就在眼前，我連魚叉都沒有。「牙利鬼」又狠，又能，又壯，又精。可是我比它更精。也許不然，他想。也許只是我的武器更好罷了。

「別想了，老頭子，」他大聲說，「照直走吧，碰上了就拚了。」

但是我還得想一想，他想。因為我別無辦法了。只剩這件事和棒球而已。不曉得偉大的第馬吉奧可欣賞像我這樣打它的腦袋？這沒有什麼了不起，他想。任何人都做得到的。可是你想想看，我的兩手不是像骨刺一樣地礙事嗎？我不曉得。我的腳跟從沒出過事，只有一次游泳的時候，踩到了黃貂魚，給它刺了一下，小腿發麻，痛得難受。

「想些愉快的事情吧，老頭子，」他說，「你一刻比一刻離家更近。丟了四十磅肉，航行起來還輕些呢。」

他很清楚，航到灣流內部的時候，會遭遇到什麼情形。可是現在卻無能為力。

「對了，有的，」他大聲說，「我可以把小刀綁到槳把上去。」

他用手臂夾著舵柄，又用腳踩住了帆腳索，把小刀綁好。

「好了，」他說，「我還是一個老頭子。可是我有武器了。」

這時微風送爽，他順利地向前航行。他只望大魚的前部，又恢復了一點希望。

絕望是愚蠢的，他想。再加，我認為絕望是一種罪過。別想罪過了，他想。現在和罪過無關的問題可多著呢。何況我也想不通。

我不懂這些事，也不確定自己相信有這回事。也許殺這條魚是一種罪過。我想，就算我殺它是為了求生，為了養活眾人，這仍是一種罪過。可是這麼說來，什麼事都成了罪過了。別想罪過。現在已經來不及想這些了，反正有許多人就吃這行飯。讓他們去想吧。你生來是個漁夫，就像大魚生來就是大魚。聖彼得和偉大的第馬吉奧的父親一樣，都是漁夫。

可是他喜歡思考所有牽涉到自己的事情，又因為無報可讀，又沒有收音機，他便想了許多問題，又繼續思考罪惡。你不只是為了求生，為了魚肉可賣才殺它的，他想。你是為了面子，為了自己是個漁夫才殺它的。它活著你愛惜它，死後你還是愛惜它。如果你愛惜它，那麼殺它就不是罪過。或是罪過更深？

「你想得太多了，老頭子。」他大聲說。

可是你殺那條「牙利鬼」倒殺得很過癮，他想。它像你一樣，都是靠生魚過活的。它不像有些鯊魚，好吃腐肉，一味貪吃。它美麗而尊貴，無所畏懼。

「我是因為自衛才殺它的，」老人大聲說，「而且我殺得非常高明。」

再加，多多少少，有誰不在殺害別人呢。捕魚這一行一面養我，一面也著實害我。那孩子是救我命的，他想。我不能過分蒙蔽自己。

他靠在船邊，在鯊魚咬過的部分撕下了一塊魚肉。他嚼得津津有味，真是好肉。結實，多汁，像是家畜的肉，只是不紅。肉裡沒有筋條，他知道這種魚肉可以賣最高的市價。可是他沒法不留腥味在海裡，他知道大難就在眼前。

微風不斷地吹。但風向已稍微轉回東北，他知道這表示微風不會停止。老人向前眺望，可是看不見帆船，也看不見任何輪船的船身或是煙縷。只見飛魚從船頭躍起，又向兩旁飛開，還有那一片片黃色的灣草。連一隻鳥兒也看不見。

他靠在船尾休息，時或在馬林魚身上撕下一片肉來，細細咀嚼，盡量養神，以恢復體力，如是航行了兩小時，忽然看到一對鯊魚中的第一條。

「唉。」他大聲呼道。這個字的含意是無法解釋的，也許一個人在感到鐵釘穿過手掌而透進木板的時候，就會不知不覺地發出這麼一種呼喊。

「加朗諾[11]。」他大聲說。這時他已經看到第二片鰭跟著第一片鰭冒出水來，從那三角的褐色魚鰭和掃來掃去的尾巴上，他看出它們一定是鏟形鼻子的鯊魚。它們聞到了腥氣，異常興奮，由於十分飢餓，再加興奮，它們昏頭昏腦地，一會兒追丟了腥味，一會兒又再找到。可是它們越來越游近小船。

老人把帆腳索繫好，又把舵柄靠牢。然後他拿起綁有短刀的木槳。他盡量輕輕地舉起木槳，因為雙手已經痛得不聽使喚。接著他把雙手張開，又輕輕地握住木槳，讓雙手放鬆一下。他又把雙手緊緊地握住，忍住傷痛，不致縮避，一面望著鯊魚游近。這時他已經看得清它們那寬闊、扁平、前端有如鏟形的頭部和那尖上發白的寬闊的胸鰭。它們都是可惡的鯊魚，臭氣逼人，好吃腐肉，又好殘殺，餓急了就連木槳和船舵都要咬的。趁著海龜在水面熟睡之際，咬掉它們的腳的就是這種鯊魚；人落在水裡，就算身上沒有魚血或是魚黏的腥味，只要真餓了，也會襲擊人的。

「唉，」老人說，「加朗諾。來吧，加朗諾。」

它們來了。可是攻勢和那馬科鯊不同。一條加朗諾一轉身子，潛入小船底下，一面

11 加朗諾和「牙利鬼」都是鯊魚的名稱，加朗諾有彩色的斑紋，「牙利鬼」有不平的巨腦。——譯者

掙扎，一面撕咬魚肉，老人覺得小船為之震撼。另一條睜著它那細長的黃眼睛望著老人，接著便疾泳攏來，張開它那半圓形的牙床，對準大魚尾部已被咬過的地方，猛噬下去。它褐色的頭頂與後面腦和脊椎相交的部位，條紋清晰可見，老人把槳頭的短刀向接合點直插下去，復又抽出來，刺進它像貓一般黃色的雙眼。鯊魚鬆開了大魚，一面吞肉，一面送命地滑下水去。

小船仍因第一條鯊魚對大魚的猛襲而搖撼不已，老人便解開帆腳索，讓小船左右搖擺，好把船底的鯊魚給逼出來。等見到那鯊魚，他便靠在船邊，向它猛刺。他只刺中了鯊肉，而鯊皮很牢，他只把短刀推了進去。這一下，不但震痛他的雙手，還震痛了肩頭。鯊魚昂起頭，疾升上來，老人等到它的鼻子冒出水面，抵住大魚，便向那扁平的頭頂心，不偏不倚地打下去。老人抽回刀鋒，再對準原處插下。它閉住兩顎，仍舊掛在大魚身上，老人刺它的左眼，那鯊魚仍舊掛住不去。

「不走？」老人說著，對準脊椎和腦髓之間，把刀鋒插下。這一下很容易，他感覺到那軟骨已分開。老人轉過木槳，把刀鋒插進鯊魚的牙床，將它扳開。他把刀鋒扭轉，鯊魚滑了下去，他罵道：「滾吧，加朗諾。沉到一英里深的海底去。去見你那朋友，說不定還是你的娘呢。」

老人擦乾刀身，放下木槳。接著他繫好帆腳索，使布帆盛滿微風，把小船帶上歸路。

「一定吃掉了它四分之一的肉，而且都是最好的肉。」他大聲說，「但願這是一場夢，但願我不曾捉到它。我很抱歉，大魚。什麼事情都弄糟了。」他住了嘴，再也不願望那大魚。那大魚流乾了血，任海浪衝擊，看起來就像是鏡背的銀色，而條紋仍顯。

「我本來不應該出海這麼遠的，大魚，」他說，「於你於我都不利，很抱歉，大魚。」

注意，他對自己說。注意看小刀的綁索，有沒有給咬壞。然後把手弄好，因為還有更多的鯊魚來襲。

「但願我有塊石頭來代替小刀，」老人檢視過槳頭的綁索說道，「我應該帶一塊石頭來的。」你應該帶的東西可多了，他想。可是你沒有帶來，老頭子。現在不是懊悔沒帶東西的時候。想法利用你現有的東西吧。

「你給我出了許多好主意，」他大聲說，「我不愛聽了。」

他把舵柄夾在脇下，小船向前航行，他一面把雙手浸到海水裡去。

「天曉得剛才那條鯊魚撕掉了好多肉，」他說，「可是現在小船卻輕多了。」他不願想像大魚的底部有多殘缺。他知道鯊魚每掙扎衝撞一次，魚肉便給撕去一塊，現在那大魚留下一道痕跡，寬得像海上的一條公路，引得所有的鯊魚都會跟來。

這條魚可以養一個人一整個冬天，他想。別想那個。休息一下，把兩手整頓整頓，好好保衛殘留的大魚。現在海水裡已經有那麼多腥氣，我手上的血腥沒有什麼關係了。再加，兩手流的血也不多。割傷的地方都不算厲害。左手流了血，就不會抽筋了。

我現在能想些什麼呢？他想。什麼都不能。我要靜候下一批的鯊魚，不能胡思亂想。但願這真的是一場夢，他想。可是誰知道呢？本來很順利的。

下一條追上來的鯊魚是一條單身的鏟鼻鯊。它的來勢就像是一隻就槽的豬，那是說，如果有豬嘴巴大得可容一人的頭。老人先讓它咬住大魚，然後把槳上的小刀刺進它的腦髓。可是鯊魚一滾，向後掙逃，卻把刀身扭斷。

老人坐好身子，重新掌舵。那巨鯊緩緩地沉下水去，先是還看見全身，不久變小，終於縮成一點，可是他連望也不望一眼。平時老人最愛看這種景象。可是他現在都懶得看了。

「現在我還有魚鉤，」他說，「可是魚鉤沒用。我還有兩把槳，還有舵柄和那把短棍。」

現在它們把我打垮了，他想。我是老人，用短棍打鯊魚是打不死的。可是只要我還有木槳，還有短棍和舵柄，就要拚它一下。

他重新把雙手浸在水裡。下午的天色漸晚，他只看得到大海和天空。空中的風比以前更大，他希望不久就能看見陸地。

「你累了，老頭子，」他說，「你累在裡頭。」

直到太陽快落的時候，鯊魚才又向他攻擊。

老人看到褐色的鯊鰭，順著大魚在水上留下的寬闊血跡，追了上來。它們連腥味都不留戀。只管並排直取小船。

他靠牢舵柄，繫好帆腳索，在船尾下面取出短棍。這是從一把斷槳上鋸下來的槳柄，長約兩英尺半。因為棍柄難握，他如要使用靈活，就只能用一隻手，他便用右手牢牢地抓住短棍，一面把手握彎，一面望著鯊魚游近。兩條都是加朗諾。

我要讓第一條咬牢了，向它鼻尖上敲，或者直往頭頂橫打下去，他想。

兩條鯊魚一同游了攏來，他看到近身的一條張開了嘴，向大魚銀色的腰身直咬下去，便高舉短棍，向下猛擊，敲在鯊魚寬闊的頭頂。短棍打下去時，他感到了厚皮很結實。他更感到堅硬的骨頭，鯊魚一面從大魚身上滑下，他一面向它鼻頭又重擊一下。

另一條鯊魚一直在游來游去，這時又張開闊口，游了攏來。老人看見它猛襲那大魚，合攏嘴巴時，一片片白晃晃的魚肉從它的嘴角噴了出來。他舞棍打它，只打到它的頭部，鯊魚望望他，把魚肉撕開。老人等到它滑下去吞食的時候，又揮棍打它，可是只打到它結實的厚皮。

「來吧，加朗諾，」老人說道，「再來一次。」

鯊魚一口氣衝了上來，正要合攏嘴巴，老人便向它打去。他這一下，盡量高舉短棍，打得十分結實。這一次他打著了腦底的骨頭，便向原處再打一下，鯊魚無力地拖開魚肉，從大魚身上滑了下去。

老人等它再度來犯，可是兩條鯊魚都不出現。不久他看見有一條鯊魚在水面打旋。他沒看見另一條的魚鰭。

我並不指望打死它們，他想。年輕時還有辦法。可是我已經把它們兩條都打得很慘，沒一條會覺得好受的。要是我能用雙手使一根長棒的話，我一定可以把第一條打死。就是現在也打得死，他想。

他不願再望那大魚。他知道它已毀了一半。太陽已經在他和鯊魚搏鬥的時候落下。

「就要天黑了，」他說，「不久我就會看到哈瓦那的燈光。如果我朝東走得太遠，我也會看到一處新海灘的燈光。」

現在我離港不會太遠了，他想。我希望不會有人過分為我擔心。當然了，只有那孩子會為我擔心。可是我敢說他對我有信心。許多年紀大些的漁夫也會擔心。自然還有許多別的人，他想。我住的小鎮是個好地方。

他不能再對大魚談話，因為大魚毀得太厲害了。忽然他想起一件事來。

「一半的大魚，」他說，「你以前是全魚。原諒我出海太遠。我毀了我們兩個。可是你和我，我們殺掉了許多鯊魚，也打慘了許多鯊魚。你一生殺掉過多少條鯊魚，老魚？你頭上那把尖槍不是白長的。」

他喜歡幻想那條大魚，幻想它如果能自由游泳的話，能把鯊魚怎麼辦。我早該砍下它的尖嘴來打鯊魚的，他想。可是我沒有斧頭，後來連小刀也沒有。

要是我真的有把刀，把它綁在槳把上的話，多好的武器。那麼我們就能合力打它們。萬一它們夜裡來，你怎麼辦？你有什麼辦法？

「打它們，」他說，「我要打到自己斷氣才罷休。」

可是現在黑夜四合。不見閃亮，不見燈光，只有海風和那布帆不斷地吹動，他覺得自己恐怕早已死去。他合攏雙手，摸摸掌心。這些並未失去感覺，他只要把雙手張開又合攏，便可以感到生之痛苦。他把背脊靠在船尾，知道自己並未死去。他的兩肩告訴他如此。

我答應過，只要捉到大魚就要念那些禱詞的，他想。可是我現在已經累得說不出來。還是找布袋來圍住肩頭吧。

他躺在船尾，一面掌舵，一面等待亮光在天際出現。我還有半條大魚，他想。也許我還有運氣把前段拖回港去。我總該有一點運氣吧。不，他又說。你出海太遠，已經折福了。

「別傻了，」他大聲說，「清醒一下，好好掌舵。也許你運氣還多著呢。」

「如果運氣有地方賣，我真想買它一點。」他說。

可是用什麼去買呢？他自問道。難道我能用失去的魚叉，用打斷的小刀，用打壞的雙手去買嗎？

「你本來可以的，」他說，「你想出海八十四天就能換來運氣，他們也幾乎把它換給你了。」

我不能胡思亂想，他想。好運當頭，是各式各樣的，誰又認得出來呢？我倒希望不拘形式，不計代價能求到一點。希望就能看見燈光閃亮，他想。我希望的事情太多了。可是現在希望的就是這件。他設法靠得舒服一點，以便掌舵，轉動時感到傷痛，他知道自己並未死去。

夜間十時左右，他看到了城裡燈火輝煌的反光。起先只微微可辨，像月升前天上的幽光。不久隔著風勢轉強而波濤洶湧的海洋，那燈光已是穩定可見。他駛入燈光所及的水面，心想不久就會碰到灣流的邊緣。

現在完了，他想。也許鯊魚還會來攻擊。可是一個人沒有武器，又碰上黑夜，怎能對抗它們？

他已經僵硬發痛，而創傷和周身緊繃的部分，碰上夜寒，更覺難受。但願我不再要苦鬥了，他想。我真希望不再需要苦鬥了。

可是到午夜搏鬥再起，這一次他知道已是徒勞。它們成群來攻，他只看得見它們的鰭在水中划過的波紋，和它們奮撲大魚時的磷磷閃光。他用短棍敲打鯊魚頭，只聽見牙床的脆響，還有它們在下面咬住大魚時那小船的顫動。他只能向自己能感覺並聽到的一切拚命揮棍，不久他覺得有樣東西抓住了短棍，短棍便脫手而去。

他從船舵上扭下舵柄，用雙手握住，一遍又一遍地向下痛打，猛劈，狠刺。可是這時它們已經吃到船頭，成群結隊地一條跟著一條衝了上來，把一片片的魚肉撕走，每當它們轉身再來的時候，魚肉在水底明晃可見。

終於來了一條鯊魚，直襲那大魚的頭部，他知道一切都完了。那鯊魚的牙床陷在大魚結實的頭中，撕也撕不動，他便揮動舵柄，橫敲它的腦袋。他一遍，一遍，又一遍地揮動舵柄。他聽到舵柄折斷，便用斷了的一頭向鯊魚刺去。他感到斷柄鑽進了鯊肉，知道它很尖銳，便一直插下去。鯊魚鬆了嘴，滾開。那是鯊群裡最後來襲的一條。再也沒有東西讓它們吃了。

這時老人已經透不過氣來，覺得嘴裡有一種怪味。這東西有銅味，甜膩膩的，一時他覺得很是害怕。幸好並不很多。

他把它吐進了大洋，罵道：「吃吧，加朗諾。做個夢，夢見你殺了一個人吧。」

他知道自己現在終於打敗，而且無可補救。他走回船尾，發現舵柄那斷成鋸齒的一端，合上了船舵的接孔，還可以順利掌舵。他把布袋包好兩肩，將小船帶上了歸路。現在他輕飄飄地航行，毫無心思，也毫無情感。現在他萬事漠不關心，只顧盡力平穩而妥當地把小船駛回港去。夜間鯊魚來襲殘骸，就像一個人在桌上撿起幾顆麵包屑一樣。老人不理它們，實際上，除了掌舵以外，他已是無所關心。他只注意到如今小船因為旁邊不附重物，航行起來，飄逸而又平穩。

她[12]真不錯，他想。除了舵柄以外，她仍是完好無損。而舵柄再裝一把也很容易。

他覺得自己已經駛進灣流，看得見海岸住區的燈光。他知道現在自己身在何處，到家也不費事了。

12 指小船。——譯者

至少海風是我們的朋友，他想。接著他又想，有時如此罷了。還有那大海，兼容我們的朋友和仇敵。還有床，他想。床是我的朋友。只有床才是的，他想。床真是偉大。當你給打敗的時候，它尤其舒服。我從來不曉得它有多麼舒服。也不曉得打敗你的是什麼東西，他想。

「什麼都不是，」他大聲說，「我出海太遠罷了。」

等他駛進了小港，平台的燈光已經熄滅，他知道大家都已就寢。風勢不斷地加強，現在已經颳得很厲害。可是港內卻很平靜，他一直駛到岸石下面那一小片卵石地帶。沒人可以幫忙。他只好盡力把小船拖上岸去。接著他跨了出來，把她繫在岸石上面。

他拔下桅杆，把布帆捲起來，繫好。接著他掮起桅杆，開始向上爬。直到這時，他才知道自己累到了什麼程度。他停了一下，回頭眺望，藉著街燈的反照，看見船尾的後面，還神氣地豎著大魚那大尾巴。他看見它那條發白裸露的脊椎，那黑壓壓的龐然巨頭，還有那突出的尖嘴和中間那一大片空白。

他又開始向上爬，但爬到頂上，卻跌了一跤，他索性讓桅杆壓在肩上，躺了一會。他想要爬起來。可是太吃力了，他便掮著桅杆，坐在那兒，望著大路。一隻貓橫過路的另一邊，去幹自己的事情，老人望著它走。然後他只是望著大路。

最後他放下桅杆，站了起來。然後他拿起桅杆，掮在肩上，又開始沿路走上去。他坐下來休息了五次，才挨到自己的草屋。

進了草屋，他把桅杆靠在牆上。暗中他找到一瓶水，喝了一口。接著他便在床上躺下。他把軍毯蓋住肩頭、背脊和兩腿，便兩臂直伸，手掌朝上，面孔朝下，俯睡在報紙上面。

早晨那孩子從門口望進來的時候，他還在熟睡。海風颳得很厲害，漂網漁船都不能出海。男孩睡得很遲，睡起又到老人的茅屋裡來，因為他每早照例都要來的。男孩看出老人還有呼吸，不久又看到老人的雙手，便哭了起來。他輕手輕腳地走出茅屋，去拿咖啡，一路上哭個不停。

許多漁夫圍住那小船，在打量船邊綁住的龐然大物；一個漁夫捲起了褲腳，正站在水裡，用一條長索量那殘骸。

男孩沒有下去。他剛才已經下去過，一個漁夫在幫他照顧小船。

「他怎麼樣了？」一個漁夫叫道。

「正在睡覺。」男孩叫道。他不在乎人家看見自己哭泣。「大家不要去吵他。」

「從鼻子直到尾巴，一共是十八英尺。」量魚的漁夫叫道。

「我相信。」男孩說。

他走進平台，要了一罐咖啡。

「要熱的，多放點牛奶和白糖。」

「還要什麼？」

「不要了。等下我看他能吃什麼。」

「好大的魚，」老闆說，「從來沒見過這麼大的魚。你們昨天捉到的兩條也是好魚。」

「呸，我的魚。」男孩說，又哭了起來。

「你要喝什麼東西嗎？」老闆問道。

「不要，」男孩說，「跟他們說，別去吵桑地雅哥。我就回來的。」

「跟他說，真是可惜。」

「謝謝你。」男孩說。

男孩端著熱咖啡，走到老人的茅屋裡，坐在他旁邊，等他醒來。有一度他像是要醒來，可是又沉沉地睡去，男孩便橫過大路，去借點柴來熱咖啡。

最後老人醒了過來。

「別坐起來，」男孩說，「把這個喝下去。」他倒了一點咖啡在杯子裡。

老人接過來喝下。

「它們把我打垮了，曼諾林，」他說，「它們真的把我打垮了。」

「可是『它』沒有打垮你。那條大魚沒有打垮你。」

「沒有。真的。那是後來的事。」

「貝德里哥正在看管小船和船具。你想把魚頭怎麼辦？」

「讓貝德里哥切散了做魚網吧。」

「還有尖嘴呢？」

「你要的話，就拿去吧。」

「我要，」男孩說，「現在我們得料理別的事情。」

「他們有沒有去找我？」

「當然了。海警隊和飛機都出動了。」

「海洋太大，小船太小，太難找了。」老人說。他發現有人可以對談，而不用老是對自己，對大海說話，真是痛快。「我一直想念你，」他說，「你們捉到什麼東西啦？」

「第一天一條。第二天一條，第三天兩條。」

「好極了。」

「現在我們又可以在一起捉魚了。」

「不行。我運氣不好。我再也不會有運氣了。」

「去他的運氣！」男孩說，「我會把運氣帶來的。」

「你家裡不會說話嗎？」

「我不管。昨天我捉了兩條。可是現在我們要一塊兒捉魚了，我還有許多東西要學呢。」

「我們應該弄一把上好的魚矛，隨時放在船上。你可以找福特舊車的簧片來做矛頭。我們可以拿到瓜納巴科阿去磨一磨。這東西要尖，可是不要淬到容易斷的程度。我的小刀就斷了。」

「我再去弄把小刀來，並且請人把鋼板磨一下。你看這大風還要颳多少天？」

「也許三天。也許不止。」

「我會把所有的東西料理好，」男孩說，「你把兩手弄弄好，老人。」

「我曉得怎麼照顧手。夜裡我吐出一樣東西，好怪，覺得胸口像有什麼東西斷了似的。」

「那也得醫醫好，」男孩說，「睡下去吧，老人，我去跟你拿件乾淨襯衫來。再去弄點吃的。」

「我出海時的報紙隨便拿一份來。」老人說。

「你要快一點好起來，因為我還有許多東西要學，你可以把每樣東西都教給我。你吃了好多苦呢？」

「多了。」老人說。

「我去拿吃的和報紙，」男孩說，「好好地休息吧，老人。我去藥店裡拿點藥來敷你的手。」

「別忘記跟貝德里哥說，魚頭給了他了。」

「不會的。我記得。」

男孩出了門，沿著磨光的珊瑚石路走下去，又哭了起來。

當天下午，平台上來了一群旅客，其中一位女客俯視浮滿了空啤酒罐頭和死梭魚的水面，看到一條又大又長的白脊椎，末端還有一條大尾巴，隨潮起落，而港口外面，東風正把大海颳得不斷地洶湧起伏。

「那是什麼？」她指著大魚的長脊骨，向一位侍者問道。這時那大魚已經變成廢物，只待潮水沖它出去。

「鯊魚呀，」侍者說，「一條鯊魚。」他正要解釋事情的經過。

「我一直不曉得鯊魚有這麼漂亮，這麼體面的尾巴。」

「我也一直不曉得。」她的男伴說。

大路頂上的草屋裡，那老人又在熟睡了。他依然朝下伏睡，那男孩正坐在旁邊守望著他。老人又夢見那些獅子了。

一九五三年一月十九日譯畢

二〇一〇年五月十三日重校完工

赫爾曼・梅爾維爾

Herman Melville

Bartleby, the Scrivener

錄事巴托比

我是一個年事頗高的人。三十年來，由於我種種職業的性質，我和某一類似是有趣而又有點古怪的人物，曾有超乎尋常的接觸；據我所知，一直還沒有誰動筆描述過這類人物——我是指律師事務所的謄寫人，或稱錄事。在職業上和私底下，我認識這類人物甚多，只要我肯，我可以述說他們形形色色的生平，令溫和的聽者莞爾，多情的心腸流淚。可是我寧願棄所有其他這種錄事的生平不寫，而專注於巴托比一生的零星片段，因為巴托比是我目睹或耳聞過的最怪的一位錄事。說到別的謄寫人，我或能寫出他們完整的生平，唯獨於巴托比我不能。我認為，沒有足夠的資料可讓我為這個人寫一篇完整可誦的傳記。這真是文壇無可補救的損失。巴托比之為人，一生毫無可以確言之事，除非去找信史，但是在他，這些信史少之又少。真的，除了將在這篇東西後面出現的一段模糊的報導之外，我所知道的巴托比的一切，都是我目瞪口呆，親自目睹的。

在開始解說這位錄事當初給我的印象以前，我應該略述我自己，我雇用的職員，我的事務，我的事務所，和大致的環境；因為對於就將出場的主角要有適切了解的話，諸如此類的一些描寫是少不了的。

開宗明義：我是一個從青年時代開始，就深信最容易的生活方式是最好的生活方式的人。所以，儘管人人都知道，我的行業，是一個要人精明強幹，神經緊張，有時候甚至態度強橫的職業，我卻從來不讓這類事情侵犯自己的安寧。在下是那種胸無大志，從來不面對陪審團慷慨陳辭，也絕不會贏來大眾掌聲的律師；只合在涼爽而清靜的舒適角落裡，輕輕鬆鬆地處理有錢人的債券、抵押單據、和房地契約。認識我的人，都認定我是「不值一防」，已經到了眾所周知的程度。已故的約翰・雅各・艾斯特[1]，絕少詩情豪興的一個體面人物，就曾經明明白白地宣稱，我第一個優點是謹慎；第二個呢，是有板有眼。已故的約翰・雅各・艾斯特並不是沒有做過我的顧客：我說這話，並無沾沾自喜的意思，只是記錄一件事實而已；我得承認，我老愛念這名字，因為它有一種圓潤豐盈的音韻，鏗鏘有如堆金疊玉。我要坦白地再說一句，我對已故的約翰・雅各・艾斯特的好評，並非毫不領情。

就在這段小故事開始之前不久，我的事業大為擴充。我接受了「衡平法官」的任命；這原是美好的古制，但如今在紐約州已經廢止。這職位並不很勞神，而且可喜收入甚豐。我這人很少發脾氣，更難得為了不平與無禮的事情動怒而至於身陷絕境，但在此地且容我放肆明說一句：新憲法對於「衡平法官」一職貿然橫加廢止，實在是——操之過急；因為我原已靠定了這終身的肥缺，結果只撈得匆匆幾年的利潤。這自是閒話罷了。

我的事務所在樓上，地址是華爾街某號。那座樓房的天井，從頂直貫到底，有一大幅空間，事務所的一端可以望見它內部的白壁。這景象可說是相當單調，缺少風景畫家所謂的「生命」。就算是吧，事務所另一端的景象，別的不說，至少呈現了一個對比。在那一方，我的幾面窗子，可以飽覽因年久和永遠隱蔽在陰影中而變黑的一面磚砌高牆；這面牆原無需小望遠鏡來顯現它潛在之美，可是像便利一切近視患者的觀賞一樣，它矗然直上，到距離我的窗玻璃只有十呎以內。由於周圍的樓房都很高，而我的事務所不過在二樓，這面古牆和我那面牆之間的空間，頗像一個方形的大蓄水池。

就在巴托比出現之前的那段時期，我原雇了兩個人做錄事，還有個很長進的男孩做工友。第一位，是「火雞」；第二位，「鐵手銬」；第三位，「薑果兒」。這一類名字

1 約翰・雅各・艾斯特（1763-1848），美國大富翁，死時遺產值二千萬美元。

不是在人名住址錄中所常見的。事實上，這些是我三個雇員彼此相加的綽號，大家都認為對每人的體格或性格很夠傳神。火雞是一個矮胖的英國人，跟我差不多的年紀——那就是說，快六十歲了。我們可以說，早晨他的臉呈漂亮的鮮紅色，可是一過正午十二點鐘——他午餐的時候——他的臉就會燒起來，像聖誕節時滿滿的一爐炭火，而且會繼續燒下去——只是火勢漸漸轉弱——一直到下午六點鐘的光景；之後，我也就見不到那張臉的主人了，而那張臉，與午日共盛，也似乎與之共沉亡，要第二天才會以相同的規律和不減的光輝再度升起，達於全盛，然後衰退。我這一生見識的離奇巧合之事很多，其中不能算小的便是這一樁：正當火雞紅而亮的臉上呈現全盛之光的時候，在這危險的關頭，也就是我認為他每天辦公能力受到嚴重困擾的階段之開始，這困擾一直維持到一日之終。倒不是說，這時候他完全惰怠下來，或者不樂意辦公事；滿不是這回事。毛病在他的精力，會過分旺盛。這時，他的動作就會呈現一種好怪的激昂、亢奮、輕浮的不安景象。他會貿貿然把鋼筆浸在墨水瓶裡。他落在我公文上的所有墨汙，都是在正午十二點以後掉上去的。事實上，到了下午，他不但變得坐立不安，以及不幸易染墨汙，而且有些日子，他變本加厲，會吵吵鬧鬧。在這種時候，他的臉會分外鮮明地燃燒起來，好像在無煙煤上又加上燭煤一樣。他會在椅子上發出刺耳的怪聲；把沙匣裡的沙潑出來；修理鋼筆的時候，會失去耐性，把它們折裂成幾節，而且在一陣猝發的盛怒中把它們丟在地板上；然後站起來，在桌子面前躬著身子，把紙張弄得七零八落。那種極不雅觀的樣子，竟發生在像他那麼半老之人的身上，令人望著好傷心。儘管如此，到底在好些地方他對我還是很有用處，而在正午十二點以前，仍不失為最敏捷可靠的人，完成的大量工作，在形式上又難得有人和他媲美——為此種種緣故，我仍願忽略他的怪癖，雖然，說真的，偶爾我也會規勸他。當然，我的規勸是很委婉的，因為他在上午儘管極為文雅，不，簡直極為可親極為謙恭，但一到下午，遇到什麼刺激，他就會有點口不擇言——說穿了，就是出口傷人。既然我珍惜他上午的工作而決意將他留下，同時又因他下午的激昂舉止而感到不快，更加我又是一個天性和平的人，不願因我的勸告而引起他無禮的反駁，所以某星期六的中午（他每逢週六就更糟糕），我主動向他很溫和地暗示，說他年紀漸漸大了，也許還是減少工作為宜；總而言之，十二點以後他就不必來事務所上班，用罷午餐，還是回去寓所一直休息到喝下午茶的時候好了。可是不行，他堅持下午也要貢獻一切。他的表情變得非常激動，一面在房間的另一端揮舞一柄長尺，雄辯滔滔地向我保證，說如果他的工作上午那麼可貴，下午又是何等必要？

「對不起，先生，」這次火雞說，「我自認為是您的得力助手。上午我不過是排列排列隊伍而已；要到下午我才一馬當先，英勇地衝向敵陣，像這樣」——說著他挺尺猛然一刺。

「可是那些墨汙，火雞，」我委婉地說。

「不錯；可是，對不起，先生，您看看這些頭髮！我年紀大了。說老實話，先生，總不能為了炎熱的下午漏了一滴兩滴墨而苛責老年吧。老年人——就算弄髒了紙——也是可敬的啊。對不起，先生，我們『彼此』都老了。」

同病相憐的這種哀訴是難以拒絕的。橫說豎說，我看得出，走他是不會走的了。所以我決心讓他留下來，可是堅持這麼一點，就是每天下午他只能抄寫次要的文件。

鐵手銬，我名單上他是第二位，是一個蓄有鬍鬚，面色病黃，整個人看起來，有點像海盜的青年，大約二十五歲的樣子。我總認為他身受兩種邪力之害——雄心勃勃，與消化不良。他的雄心勃勃表現在一種不耐煩上，不耐於位僅錄事的種種工作，不耐於讓純屬本職的事務，諸如起草法律文件之類，用非其所地霸占了全部身心。至於消化不良，則表現在偶爾發作的神經質的暴躁和咬牙切齒的煩惱上，其結果是，每逢抄錯了，上下牙齒就相磨有聲；在工作緊張的時候，又不必要地咒罵一通，那聲音，從牙縫擠出來的比張口說出來的多；他尤其對自己工作的桌子的高度，總是感到不滿。雖然很善於應付機械一類事物，鐵手銬卻毫無辦法使這張桌子適合他自己。他在桌子下面墊上木屑，各式各樣的木塊，零零碎碎的紙板，最後一不做二不休，竟用疊起來的吸墨紙企圖作精細的調整。可是費盡心機毫無用處。如果他為了使背部舒適而將桌面墊得很斜，幾乎要接近他的下巴，以致寫起字來，像用荷蘭人房屋的陡峭屋頂做桌子呢，他就會宣稱，那樣子會使他兩臂的血脈不能暢通。但是如果他把桌子降低到和腰帶相齊，傴在桌子上寫的話，則背部就會劇痛起來。總而言之，事情的真相是鐵手銬根本不知道自己需要什麼。或者這麼說，如果他真需要什麼的話，那就是把錄事的桌子整個擺脫掉。他那病態的野心表現多端，其一便是喜歡接見他所謂主顧的一些舉止曖昧衣衫襤褸之徒。我意會到，他不但有時候算得上是活躍於監房之間的小政客，而且還偶爾去法庭辦點小差事，在「墳墓」[2]的石階上不無名氣。可是我有足夠的理由相信，來我事務所拜訪他的有一個人，他氣派十足地堅稱是他的主顧，我看根本就是一個討債的，而他稱為房地契約的東西，根本就是張帳單。儘管鐵手銬有這些缺點，而且為我招來這些煩惱，他像同胞火雞一樣，仍對我很有用處；他寫得一手又端正又流利的字，而且有興致的時候，舉止倒也不失體面人的派頭。加上他總是穿得體體面面的，所以嘛，也可以反襯出我事務所的體面。可是說到火雞呢，我卻要大費周章，使他不致成為人家非難我的話柄。他的衣服，看起來總是染滿油膩，而且發出飲食店的氣味。到了夏天，他的褲子，穿得又鬆鬆散散的。他的外套讓人看了討厭；他的帽子，不成個樣子。我對那帽子倒無所謂，因為他身為靠人吃飯的英國人，天生就有的拘禮和謙恭，使他總是一進房間就脫掉帽子，可是他的外套就不是那回事了。關於他的外套，我曾經勸喻過他，可是毫無作用。我猜想，真正的原因該是，一個人既然收入這麼少，就沒有辦法同時炫耀這麼光亮的一張臉和一件漂亮的外套吧。鐵手銬有一次說過，火雞的錢大半都還債還掉了。某一個冬日，我把自己的一件很體面的大衣送給了火雞——一件襯了厚裡子的灰大衣，又暖又舒服，從膝蓋可以一直扣到頸項。我以為火雞會領情，而且因此收斂他下午的浮躁與囂張。可是不然；我真的認為，火雞把自己緊扣在這麼毛茸茸像氈子一樣的大衣裡，對他有一種極為不利的影響——其原因，正如吃多了燕麥對馬匹有害一樣。事實上，火雞穿了大衣，正如俗謂浮躁頑劣之馬吃多了燕麥一樣。穿上好大衣，使他反而無禮起來。他是承受不起富裕的人。

雖然關於火雞任性的習慣，我只有自己私下揣測，可是說到鐵手銬，我卻深深相信，無論他在其他方面有多少缺點，至少他是一個溫文自斂的青年。而實際上呢，造物本身似乎就是他的釀製人，在他出世的時候，已經使他十足充溢了一種容易激怒有如白蘭地酒的性情，所以後來也就完全無需乎飲酒了。每次我想起，在我靜寂的事務所中，鐵手銬不時會焦躁地從座位上站起來，彎身向著辦公桌，張開兩臂，抓住整張桌子，用一種嘎吱作響、摩擦有聲的動作，將它在地板上移來撼去，好像那桌子是生性彆扭有個體意志的東西，存心要折磨且激怒他一樣，每次我想起這情形，就明明白白地體會到，

2 「墓地」為紐約市監獄之渾名。

對於鐵手銬而言，白蘭地兌水是純然多餘的了。

我的運氣好在這裡：鐵手銬的烈性子和因此產生的坐立不安，由於特殊原因——消化不良——大半只呈現在上午，到了午後他就比較和緩多了。火雞的毛病大致上總在十二點才發作，所以我從來無需乎在同一時間應付他們兩人的怪癖。他們的間歇發作彼此輪班，像衛兵換崗一樣。鐵手銬一發作，火雞就停止，反之亦然。在目前的處境之下，這不能不說是上天的善為安排了。

薑果兒，我雇員錄上的第三名，是一個男孩子，大約十二歲。他爸爸是個馬車夫，立志要在他生前眼見他兒子坐上法官席，而非車夫座。所以他把兒子送來我的事務所，以每週一元的薪酬，做起見習法律的學徒、聽差、兼清掃工友來了。他也有一張自用的小桌子，可是不大派用場。檢查之下，抽屜裡陳列的是一大堆各式各樣的果殼。真的，對這位機伶的少年說來，法律的全部崇高學問「盡在殼中」[3]了。薑果兒的差事之中，有一樁不能算小的，也是他幹得最起勁的任務，便是為火雞和鐵手銬採購糕餅和蘋果。大家都知道，抄寫法律文件本來是一件枯燥如果殼的事情，我的兩位錄事經常喜歡用斯匹成堡蘋果[4]來滋潤喉舌；這種蘋果在海關和郵局附近的許多貨攤子上都買得到的。同時，他們也經常派薑果兒去買一種古怪的餅——扁圓而小，味濃衝鼻——他們也就因為這種餅，給他取了這個渾名。寒冷的上午，辦公乏味的時候，火雞會狼吞虎嚥[5]地吃好幾十塊這樣的餅，就像不過是在吃薄鬆餅一樣——實際上，這種餅一分錢可以買六塊或八塊——一時他鋼筆在紙上相磨之聲，和他口中咀嚼脆片之聲合奏在一起。在火雞下午一切火爆爆的失手和慌兮兮的莽撞之中，最大的一件莫過於，有一次他用雙唇潤濕了一塊薑餅，便啪地一聲把它貼到一張抵押單據上去，當成了印記。我幾乎當場要開除他。可是他行了一個東方式的鞠躬禮，且說了下面的話，使我緩和了下來：「對不起，先生，我為你買文具，都是掛自己的帳，一點不吝嗇的。」

這時我原有的業務——為顧客處理不動產的轉讓，產權證據的蒐集，並草擬各種深

3 「盡在殼中」（in a nutshell），俗為「簡而言之」、「一語道盡」等等之意，但因薑果兒好集果殼，作者乃一語雙關，兼用本義與引伸義，遂謂法律之為學問，盡在果殼中矣。

4 斯匹成堡（Spitzenberg），美洲產蘋果名。

5 「狼吞虎嚥」（gobble up），又一雙關語。Gobble有二義：一為囫圇饕餮，一為咯咯作火雞之鳴。綽號「火雞」之人，食而牛飲鯨吞，用此雙關動詞，最能傳神。

奧的文件——由於接受了衡平法官一職而大大增加，許多工作都需要錄事來做。我不但得督促現有的雇員，還需要額外的助手。刊登了招請啟事，結果有一天上午，來了個不露動靜的青年，站在我事務所的門檻上，因為是夏天，當時門是開著的。我現在還看得見那身影——整潔得蒼白，尊貴得可憫，孤寂得不可救藥！他就是巴托比。

就他的資歷問過幾句話後，我便雇用了他，一面很高興，我的錄事群中終於來了神態沉著得這麼出奇的一個人；我盼望他這份沉著對火雞的怪癖和鐵手鋳的火性能起點好的作用。

我早該說明，我的辦公室，用毛玻璃的疊門隔成兩間，一間給錄事們使用，另一間給我自己。憑我自己高興，我有時把疊門打開，有時關上。我決定指派巴托比坐在疊門的一角，可是在我的這邊，這樣一來，如果有什麼小事情要辦，我可以很方便地使喚這位沉靜的青年。我把他的桌子，安置在我那間房裡，緊貼著一扇小側窗的地方；那小窗原本看得見一些汙穢的後院及磚牆的側影，但後來建築物日多，現在什麼景象都看不到了，只透進一些天光。距離窗玻璃不到三呎便是一面牆，在兩座高樓之間，天光從上面高高地照下來，像從圓屋頂的極小的洞孔裡透下來那樣。為了作進一步的妥善安排，我弄來一扇高的、可以摺疊的綠色屏風，這樣一來，就可以把巴托比從我的視線中完全隔開，但又不至於把他隔得聽不見我的聲音。於是在這種方式下，一方面可以有私人的天地，同時也可以互通聲息了。

起先，巴托比抄錄之多可謂逾常。好像渴望要抄錄些什麼已久，他竟似在鯨吞我的文件，從不停下來細看一番。他日夜不休，在陽光下，燭光下抄下去。他的勤奮照說應該令我高興，只要他辛苦得歡歡喜喜。可是他只顧寂寂地，蒼白地，刻板地寫下去。

當然，錄事工作必經階段之一，便是要逐字核對所錄是否精確。一間辦公室裡如果有兩個或更多的錄事，大家就彼此幫著覆核，由一個人念讀抄本，另一個人持閱原文。這真是一件非常沉悶、無聊、使人懨懨欲睡的工作。我很容易體會，對某些性情中人說來，簡直是無法忍受的。譬如，我就不能相信，意氣昂揚的詩人拜倫會心甘情願與巴托比相對而坐，核對一篇，隨便說吧，寫得彎來繞去密密麻麻的五百頁長的法律文件。

偶爾，事忙的時候，我也慣於叫火雞或鐵手鎊來，幫著他們核對一些簡短的文件。我將巴托比這麼方便我使喚地安置在屏風的後面，一個目的，便是在這種無關緊要的場合，可以叫他幫忙。就在他隨我工作的第三天吧，我想，（因為直到那時還沒有發現核對他自己抄本的必要），正好趕緊要完成我手頭的一宗小文件，我突然叫巴托比過來。在我的匆促及自然而然認定他會立時服從的期待之中，我在座位上俯首看著自己桌上的原文，右手握著副本，多少有點緊張地伸向一旁，等巴托比馬上從他的隱身處出現時，可以一把抓去，迫不及待地工作起來。

我就以這樣的姿勢坐著喊他，一面簡潔地說明我要他幹什麼——就是，跟我一起核對一宗小文件。巴托比非但守在他的隱身處不出來，還用異常溫和但堅定的聲音回答說，「我寧可不做，」這時，你可以想見我的意外，不，驚異了。

我一聲不響地坐了一會兒，平復自己愕然的神智。不久我想起，要不是我聽錯了，就是巴托比完全誤會了我的意思。我用自己能說的最清楚的聲調把我的要求重說了一遍，但是同樣清楚的聲調傳來他先前的答覆，「我寧可不做。」

「寧可不做，」我回應著，極為激動地站起來，一個大步走向房間彼端。「你這是什麼意思？你昏了頭了？我要你幫我對這張稿子，哪——拿去，」說著把稿子硬塞給他。

「我寧可不做，」他說。

我定神望著他。他的臉長得很瘦；灰色的眼睛朦朦朧朧不動聲色。他臉上沒有激起一絲亢奮之情。當時只要他的態度呈現最起碼的不安、憤怒、暴躁、或傲慢，換句話說，只要他露出一點人之常情的話，毫無疑問，我會在盛怒之下把他趕出辦公室去。像他這種反應，我簡直還不如把自己那尊蒼白的席思洛[6]半身石膏像攆出門去呢。我站在那兒，瞪了他一陣子，他卻繼續寫他自己的；然後我回到自己桌前再坐下來。這真是怪了，我想。該怎麼辦才好？可是我事務繁忙，就決定暫時把這件事擱在一邊，等以後有空時再說。所以我叫鐵手銬從隔壁房裡過來，很快地就把文件對好了。

又過了幾天，巴托比完成了四份冗長的文件；這是一星期來我在「高等衡平法庭」親自經手所作證言的四個副本，必須加以核對。這是一件重大官司，不得不講究高度的精確性。一切安排妥當，我就叫火雞、鐵手銬、薑果兒從隔壁房裡過來，準備把四份副本分發給四個雇員，自己則誦讀原文。因此火雞、鐵手銬，和薑果兒每人拿著自己的副

6 席思洛（公元前106-43年），羅馬政治家，雄辯家，作家。

本，並排坐好的時候，我就叫巴托比來加入這有趣的一群。

「巴托比！趕快，我等著呢。」

我聽見他的椅腳，在沒有鋪地氈的地板上緩慢地發出摩擦聲；不久他出現了，站在他隱居的入口處。

「要什麼？」他說，語氣柔和。

「副本呀，副本呀，」我急切地說。「我們就要核對了。哪」——說著我把抄本的第四份遞給他。

「我寧可不做，」他說罷，竟輕手輕腳地隱入屏風裡去了。

頓時，站在一整排坐著的雇員前頭，我不禁怒火高燒。平住了怒火，我走向屏風，要他解釋這種反常的舉動。

「你『為什麼』要不做？」

「我寧可不做。」

換了另一個人，我早就大發雷霆，不屑再費口舌，把他趕得狼狽而逃了。可是巴托比身上像有樣什麼東西似的，不但不可思議地使我的憤怒消除了，而且在一種奇妙的方式下，使我心動而且心亂。我開始勸喻他。

「我們要對的這些，都是你自己抄的副本。這樣做是省你的氣力，因為你抄的四份文件，只要對一次就成了。這本是老規矩嘛。每一個抄稿的人，都免不了要互相幫忙核對自己的副本的。對不對？你怎麼不開口呢？你說嘛！」

「我寧可不做，」他尖聲答道。我覺得，剛才一面聽我說話，他也一面仔細思索過我每一句說明，充分了解我的意思，而且推翻不了那無從反駁的結論，可是同時又有一種極為重大的顧慮，逼著他如此回答。

「那麼，我這要求——不過是根據常規和常識提出來的要求——你是決心不理會的囉？」

他簡潔地向我說明，在這一點上我的判斷是正確的。不錯，他的決心不容更改。

一個人在一種沒有前例而且蠻不講理的情形下，受人折辱一頓之後，連他自己最單純的信仰也開始動搖起來，是常見的事。這時，這個人就會開始隱隱地懷疑，儘管蹊蹺，一切正義一切理由似乎都在對方。所以，當時如果有任何超然局外的人在場，這個受折辱的人，就會請求他們，支援他自己沮喪不安的心靈。

「火雞，」我說，「你對這件事有什麼看法？我說得可對？」

「對不起，先生，」火雞用他最柔和的聲調說，「我認為您說得對。」

「鐵手銬，」我說，「『你』的看法呢？」

「我認為該讓我一腳踢他出去。」

（到此，敏感的讀者當會覺察，因為這時是上午，火雞的回答措辭就文雅而平和，可是鐵手銬的回答，措辭就橫蠻了。或者讓我重引前文，鐵手銬的惡劣情緒正當班，火雞的卻下了班。）

「薑果兒，」我說，有心爭取擁護我的最小一張選票，「『你』的看法呢？」

「先生，我認為，他有點『神經』，」薑果兒露齒一笑回答。

「你聽見人家怎麼說了，」我轉身向屏風說道，「出來做你的事吧。」

可是他不肯賜覆。我在窘困難受之中，思索了片刻。可是事務再度緊逼著我。我又一次決定，等將來有空時再來研究如何處理這進退兩難的局面。雖然困難一點，我們不靠巴托比還是湊合著把文件核對了；就是每隔一兩頁，火雞會語氣謙恭地忽然表示，這種做法實在很反常，而鐵手銬呢，由於消化不良而坐立不安，在他的座位上扭來扭去，還會咬牙切齒，不時發出噓噓之聲，罵屏風後的那個倔強的傻瓜。又說他鐵手鑄免費為別人效勞，這還是第一次，也是最後一次了。

同時，巴托比卻安坐在他的隱士居中，除了自己個人的工作，什麼都不理會。

又過了幾天，那位錄事一直在抄寫另一份冗長的文件。他最近這件不尋常的舉動，已令我嚴密注意他的行為。我發現，他從不去吃午餐；事實上，他從來不去任何地方。到這時為止，就我個人所知，也從未見他走出我辦公室。他簡直是經常守衛在那一角的哨兵。可是到上午大約十一點左右，我就會發現薑果兒走向巴托比的屏風口，好像從我坐的地方看不見的一個手勢，把他召去似的。接著那男孩就把幾個銅錢搖得響叮噹地走了出去，回來的時候已經滿手捧著薑餅，交進隱士居裡去，且接受兩塊餅算是酬勞。

那麼他就靠薑餅為生了，我想；正確地說，從不用膳的；那他該是個吃素的了；又不是的，他從不吃蔬菜，只吃薑餅。我就繼續細細推想，僅吃薑果過日子，對人的體質會有什麼影響。這種餅叫薑果，是因為薑是其中必要的成分，也是整個調味的成分。哪，薑是什麼呢？又辣嘴又衝鼻的食物。那麼巴托比是否又辣又衝呢？一點兒都不。那麼薑對於巴托比並無影響。也許他寧可不受它影響呢。

沒有任何情形比一種消極的抵抗更能激怒一個認真的人了。如果遭受抗拒的人性情並不暴烈，而抗拒的那位又消極到毫不損人，則前面的一位在心情好轉的時候，也會悲天憫人，嘗試將自己的理性認為不可解決的事情，轉向自己的想像力去求解釋了。儘管如此，大體上我還是看重巴托比和他的行為的。可憐人！我想，他並無惡意；他顯然不是存心傲慢；他的面容充分顯示他的怪誕是不由自主的。他對我還是有用的。我可以跟他處下去。要是我解雇他，他很可能碰不到像我這樣寬大的雇主，那他就會受到虐待，說不定會逼得狼狽餓飯。對啊。我大可廉購一種娛人的自滿。善待巴托比，寬恕他反常的倔強，於我所損有限甚至毫無損失，而我貯藏在靈魂中的，終將成為我良心的一臠美味。但是我這種心情也不是一成不變的。巴托比的消極態度有時也著實令我動氣。我有一種奇異的衝動，想和他再度面對面地鬥一次，想在他身上激發和我旗鼓相當的怒火。但事實上，我還不如嘗試用手指關節在一塊溫莎香皂上敲出火來呢。然而有一天下午，肚子裡的惡氣主使了我，於是發生了下面的這一幕短劇：

「巴托比，」我說，「文件全抄好之後，我要跟你對一下。」

「我寧可不做。」

「怎麼呢？你總不會打定主意，又使你的騾子脾氣了吧？」

沒有回答。

我一把推開身邊的疊門，轉向火雞和鐵手銬吼道：

「巴托比這是第二次說，他不肯校對稿子了。你有什麼意見，火雞？」

那時正是下午，不要忘記。火雞坐在那兒，亮得像隻銅鍋，禿頭正冒著氣，兩隻手在他墨汙點點的文件之間動來動去。

「還有什麼意見？」火雞大喝一聲。「乾脆到屏風裡去，打他個兩睛發青！」

說著，火雞真的站將起來，張臂揚拳，做出要鬥拳的樣子。他正匆匆趕上前去，要兌現他的諾言，我攔住了他；貿然激起火雞午餐後的戰鬥精神，這後果使我吃了一驚。

「坐下來，火雞，」我說，「聽聽鐵手銬怎麼說。你有什麼意見，鐵手銬？我是不是應該馬上開除巴托比？」

「對不起，那要你自己決定，先生。我認為他的行為很特別，而且對火雞跟我也真不公平。不過這也可能只是一時的古怪罷了。」

「喲，」我叫道，「那你的主意改變得也真怪——現在你對他客氣多了。」

「還不是啤酒嘛，」火雞嚷起來；「客氣是啤酒的作用——鐵手銬跟我今天一起吃的飯。你看『我』現在多客氣，先生。要不要我去揍他個天昏地暗？」

「我想，你是指去揍巴托比。算了，今天算了吧，火雞，」我回答他。「請你收起拳頭來吧。」

我關上疊門，再度走向巴托比。我感到火氣加旺，很想拚命一鬥。我再度急切希望能遭受反抗。我記起巴托比從來不離開辦公室。

「巴托比，」我說，「薑果兒不在；你去轉角的郵局一趟，好不好？（走一趟不過三分鐘。）看看我有什麼信件沒有。」

「我寧可不去。」

「你不『想』去？」

「我『寧可』不去。」

我搖搖晃晃回到自己桌前，坐下來，陷入深思。我那盲闖的老脾氣，又恢復了。還有什麼事情可以使這位又瘦又窮的傢伙——我雇來的職員——把我頂撞得下不了台呢？還有什麼完全合情合理的事情他一定會拒絕做的呢？

「巴托比！」

沒有回答。

「巴托比！」叫得更大聲。

沒有回答。

「巴托比！」我大吼一聲。

應驗了巫術招魂三呼始顯的法則，他活像一個幽靈，出現在隱士居的入口。

「去隔壁叫鐵手銬來見我。」

「我寧可不去，」他恭敬而緩慢地說，接著又靜靜隱去。

「好極了，巴托比，」我用一種祥和中透著嚴厲，強自抑制著的語氣靜靜地說，彷佛在暗示我已下定決心，就在最近必對他痛加懲罰似的。當時我確有一半當真，存心要這麼做。可是，總而言之，由於快到我用膳的時候了，我想一日工作既畢，最好還是戴上帽子走回家去的好，雖然我仍然百思不解，傷透了腦筋，深以為苦。

我要不要承認這件事呢？這整個事件的結局是，在我的事務所中，有一項情況迅即成為不易的事實，就是有一位臉色慘白的年輕錄事，名叫巴托比，在事務所裡辦公；他為我抄寫文件，通常的代價是每張（一百字）四分錢，可是他一勞永逸地擺除了校對自己謄本的任務，那任務卻轉移給火雞和鐵手銬，這對他們較高的敏悟無疑是一種恭維；此外，這位巴托比在任何情況下，皆不得差遣他外出去做最輕鬆的工作；即使是請求他去做這樣一件事，照例大家都得明白一點，就是他「寧可不做」——換句話說，他會一口拒絕。

日子久了，我對巴托比也就容忍得多了。他的堅定，他絕不放蕩的生活，他孜孜不倦的勤奮（除了有時會站在屏風背後陷入沉思），他的極端安靜，以及他在任何情況下都不變的舉止，都使他成為一個有用的雇員。最重要的一件事情是——「他永遠在那裡」——早上第一個到，白天一直在辦公室，晚上最後一個走。我對他的誠實可靠，有特別的信心。我覺得最貴重的文件交在他手裡，是完全保險的。有時候呢，說實在話，再怎麼樣我也無法避免對他忽然發作起來。那些怪癖、特權、和前所未聞的免於若干義務，形成了巴托比在我事務所繼續工作的單方面不成文條約；可是要我時時刻刻把這些記在心裡，確是很難。有時候，為了急於送發緊要的文件，我會心不在焉用短促的聲調叫巴托比過來，用手指按住紅帶子起頭的結，好讓我縛繫一些公文。當然，屏風背後必然傳來例有的回答，「我寧可不做」；這時，具有人性共同缺點的人，怎能忍下這口氣，而不怒斥這種彆扭——這種蠻不講理的態度呢？當然，這樣子的頂撞，我多受一次，就會更減少我再犯無心之失的可能性。

這裡我必須說明一點：在人口眾多的律師大廈裡，按照許多開設事務所的法界人士的習慣，我的門總是備有幾把鑰匙。一把給了住在閣樓上的女人，便於她每週來我的事務所洗抹，每天來打掃一次。一把給了火雞，便於他自己進出。第三把有時我帶在自己袋裡。第四把，我不知道在誰手裡了。

終於，有一個星期天的上午，我湊巧去三一教堂聽一位名牧師講道；發現自己到得太早，我想何不散步去事務所一下呢。正好我隨身帶了鑰匙；可是要把它插到鎖孔裡去的時候，竟發現裡面已經塞住東西，插不進去。我大吃一驚，叫起門來；使我愕然的是，裡面有把鑰匙一扭，瘦削的臉伸出來探了我一下，門開一縫，巴托比幽靈似地浮現了，穿的是便衫，外罩一件異常襤褸的晨衣，平靜地說，很抱歉，他正忙著辦件事，所以——不想這時讓我進去。他又三言兩語加上一句，說也許我最好到街上去兜兩三個圈，等回來時，他大概事也辦好了。

真是的，巴托比十分意外地出現，星期天一早竟然住在我律師事務所裡，一面還是那種鬼氣森森，紳士式的冷漠，另一面卻又堅定而沉著，這現象給我的影響太怪異了，我竟不由自主地躡手躡腳從門口退卻，聽他的話走了。當然，這位莫測高深的錄事對我這麼柔和的頂撞，我竟無力反抗，也不免令我感到陣陣的難過。說真的，主要是他那出奇的柔和態度，令我不但軟化下來，而且事實上垂頭喪氣。我認為，如果一個人竟然心平氣和地讓自己的雇員支來使去，讓他命令自己離開自己的辦公室，那這個人當時真可謂是喪盡男子氣概了。此外，星期天的早上，巴托比除了穿件便衫幾乎等於裸著那樣，究竟在我辦公室裡搞什麼把戲；想到這一點，我不由得滿腹疑慮。會不會出了什麼毛病呢？不會的，絕無問題。說巴托比是個小人嗎，絕無可能。那他到底在裡面搞些什麼呢？——在抄寫嗎？也不會的，無論他有多少怪癖，巴托比顯然是講體面的人。要說近乎赤身露體竟然就伏案工作，他絕不是那種人。再說，這又是星期天；巴托比的為人，實在不容我猜疑他會做出什麼俗事，來敗壞這一天的清規。

儘管如此，我還是放不下心來；按不下滿心好奇，我終於走回事務所門口。毫無阻礙地，我插進鑰匙，打開門，走了進去。巴托比不見了。我怔忡四顧，又向他屏風後面窺探，但很顯然他已經走了。當場更加仔細地檢查了一番之後，我可以推想得到，不曉得從什麼時候起，巴托比就一直在我的辦公室裡吃飯、更衣、睡覺了，可是竟然不用盤子、鏡子、和牀。牆隅一張搖搖欲墜的舊沙發，坐墊上兀自留下一個微陷的瘦長臥姿的痕跡。我發現一條毛氈，捲塞在桌子底下；一個空壁爐架子底下，放著一匣黑鞋油和刷子；一張椅子上擱著一個錫臉盆，還有肥皀和一條破毛巾；一張報紙裡則包著幾小片薑餅和一小塊乾酪。不錯，我自忖道，顯然巴托比一直以此為家，孤零零一個人過著單身漢的生活。頓時，我的腦海中掠過一線思念：此地呈現的，是多麼淒慘的無依無靠，孤單寂莫啊！他的貧窮至於斯極；可是他的孤獨，多可怕啊！你想想看。每到星期天，華爾街闃無人影，正如約旦古城比特拉；每一天夜裡，更是一座空城。這座大樓也是一樣，上班的日子固然嘈嘈切切，忙碌而富生氣，到了晚上就只迴盪著一片空無，整個星期天更是見不到人。而巴托比竟以此為家；只有他一個人看見這一切熙來攘往轉成一片孤寂——這情況，真有點像一個從未殺人且脫胎換骨後的羅馬大將梅留思憑弔迦太基的廢墟一般！

有生以來，我第一次感到，一種難以抗拒的透骨的悲哀攫住了自己。以往，我所經驗的只是一種並不怎麼使人討厭的憂傷。但現在，人與人之間的情誼，無可奈何地使我苦悶起來。這是一種友於同憂的感覺！因為我和巴托比同是亞當的後人。我記起了當天我見到的人群，容光煥發，穿著假日的鮮麗綢衣，天鵝一般泳游於密西西比河似的百老匯大街；我將他們和這蒼白的錄事兩相比較，不禁想到，啊，歡樂競逐的是光天麗日，所以我們以為世界是喜氣洋洋的，但是悲慘卻躲得遠遠的，所以我們以為世間豈有悲慘之事。我這些憂傷的非非之想——無疑是一個病態而癡呆的頭腦孕育出來的妖魔鬼怪——竟滋生了更多的、有關巴托比種種怪癖的更特殊的念頭。不尋常的發現引起的不祥之感，糾纏著我。我似乎看見這位錄事慘無血色的形體，包著一塊寒酸的殮衣，陳屍於無動於衷的路人之間。

忽然我注意到巴托比關上抽屜的桌子，鎖孔中還露出鑰匙。

我並非存心惡作劇，也不想滿足冷酷的好奇心，我想；何況桌子原是我的，裡面的東西也是我的啊，所以我的膽子就壯了起來，要看看裡面是什麼了。每樣東西都安排得井井有條，文件也疊得平平整整的。文件格子都很深，所以我把一疊疊公文取了出來，伸手探入深處。不久我就摸到一樣什麼，把它拖了出來。原來是條印花的大舊手帕，沉甸甸的，還打了結。我打開手帕，發現裡面包滿了錢。

以前我在這個人身上注意到的種種不動聲色的神祕行徑，現在我全記起來了。我記得：除非回答人家問話，他從來不開口；雖然他每隔一段時期也有不少閒暇，可就從來沒有見他閱讀過什麼——真的，連一張報都不看；他常會站在屏風背後幽暗的窗口，久久凝望外面那死沉沉的磚牆；我確信，他從來不光顧教堂的餐室或飲食店；他那張蒼白的臉，說明他從來不像火雞那樣飲啤酒，甚至也不像別人那樣飲茶和喝咖啡；就我所知，他從來不去任何地方，也從未出去散步，除了真有今天這樣的情形；我又記起，他從來不肯吐露自己是何許人，從何處來，或者在世上有無任何親人；而且，雖然這麼又瘦又蒼白，他卻從不訴說自己身體怎麼不好。這一切之外，我還記得他有一種自然流露的、面無血色的——我該怎麼說呢？——譬如說，面無血色的自傲之氣，或者不如說，一種嚴峻的自斂；就是這種神態十足震懾了我，使我馴然遷就他的種種怪癖，當時，由於他久無動靜，我即使明知他正站在屏風背後，陷入了他慣有的面對死壁的冥想，也不敢要他為我做即便是最細微的瑣事。

把這些事情思來想去，又把它們和剛才發現他竟將我的辦公室據為長居之地這件事實連在一起，再記起他那種病態的陰鬱；把這一切通盤考慮了一番，我不禁隱隱起了戒心。我最初的情緒是純粹的悲哀和真心的憐憫，可是當巴托比的孤苦無依，在我的想像中倍增無已時，那份悲哀竟化入恐懼，而憐憫也融成憎惡了。到某一程度為止，念及慘事或目睹慘象，都會贏得我們至高的同情，可是在某些特殊的事例中，超過了這個程度，卻反而不會了。有些人的錯誤，在於貿然斷言說，毫無例外，這是因為人性天生自私的緣故。其實不如說，這是面對逾乎常態的根深蒂固的毛病，束手無策的一種絕望所致。就一個敏感的生命而言，憐憫很少不帶痛苦。等到我們終於發現，這種憐憫的結果無補於對方的解脫時，常識便要我們的心靈將這種憐憫之情排除掉。那天早上我目擊的景象，使我相信，那錄事身受之害，根本是天生不可救藥的神經失常。我可以救助他的身體，可是他的痛苦不在身體；受苦的是他的靈魂，而他的靈魂就非我能力所及了。

那天早上，我就沒有去成三一教堂了。不知道為什麼，我剛才看見的一幕，使我一時不能再上教堂。我走回家去，一路上考慮我要如何處置巴托比。終於我決定這麼辦：明天早上我要靜靜地問他幾個問題，諸如他的生平等等，假如他不肯坦然相告（我猜他是「寧可不回答」的），那就在我應付他的薪金以外，再送他一張廿元大鈔，告訴他，不用再來上班了；可是假如在別的方面我還可以幫忙的話，我樂於效勞，特別是，假如他要回鄉，我很願意補貼他的路費。此外，假如回家之後，他發現自己需要救助，隨時來信好了，一定會有回音的。

到了第二天上午。

「巴托比，」我柔和地朝屏風後面喚他。

沒有回答。

「巴托比，」我以更柔和的聲調說，「來我這兒；我不是要你做你寧可不做的事情——我只是想跟你談談。」

聽到這話，他無聲無臭地浮現了。

「你可以告訴我，巴托比，你是在哪兒出生的嗎？」

「我寧可不說。」

「可以跟我說說你自己的『任何事情』嗎？」

「我寧可不說。」

「可是你為什麼不肯告訴我呢？我對你是當朋友看待的。」

我一面說話時，他並不看著我，卻牢牢盯著我那座席思洛的半身雕像；當時那雕像正在我座位背後，大約高出我頭頂六吋的樣子。

「你怎麼回答呢，巴托比？」我等他的回答，等了好一陣子，才說。這其間，他一面板著臉，只是蒼白的薄嘴唇露出極為輕微的顫動。

「目前我寧可不回答，」他說罷，就退進自己的隱士居去了。

我得承認，我真是太軟弱了一點，可是這一次他的態度著實激怒了我。不但是他的神態之中隱含著一種不動聲色的輕蔑，即使他的任性，以我對他的無可疵議的優待和寬容說來，也似乎有點不知好歹。

我坐在那裡，再度考慮該怎麼處置。儘管我為他的言行所辱，儘管我早就打定主意，一進辦公室就要解雇他，我卻莫名其妙地感到，有種迷信的畏懼在敲叩我的心靈，禁止我執行我的決策，而且，只要我敢對芸芸眾生之中最孤苦無依的這個人吐出一字怒言，就會罵我是一個惡漢。終於我親切地把自己的椅子搬到他的屏風後去，坐下來說道：「巴托比，那就不用透露你的過去好了，可是讓我以一個朋友的立場，請求你盡量遷就我們事務所的規矩。現在告訴我，說你願意明天或後天開始相幫大家校對文件吧；

總而言之，現在就告訴我，說一兩天內你就會變得講理一些——說呀，巴托比。」

「目前我寧可不變得講理一些，」他有氣無力地答道。

就在這時候，疊門開處，鐵手鎊走了過來。他似乎為夜來睡得很不好所苦，原因該是昨夜消化特別有問題罷。他無意間聽到了巴托比最後那句話。

「『寧可不』，哼？」鐵手鎊咬牙切齒，然後轉向我說，「要我是你，先生，我倒『寧可』先派他——我『寧可』先派他；我什麼事都要派他第一個做，這個倔強的傢伙！先生，請問他這一次又『寧可』不做什麼呢？」

巴托比一動也不動。

「鐵手鎊先生，」我說，「我寧可你暫時退出去。」

不知怎的，近來我竟已養成習慣，會在各種不怎麼恰當的場合，不由自主地用起「寧可」這字眼來了。想起我和這位錄事的日常接觸，竟然已經嚴重地影響到我的神智，我不禁凜然。誰曉得，這樣接觸下去，不會導致進一步的更深的神經錯亂呢？這種恐懼之感，以往頗能促使我採取斷然的措施。

鐵手鎊神色怏怏，悻悻然要走開時，火雞卻滿面春風極為謙恭地走過來。

「對不起，先生，」他說，「昨天我想起巴托比在這裡，我現在還是這麼想，就是只要他寧可每天喝它一夸特好麥酒的話，包管他大有起色，還可以使他相幫校對自己的文件。」

「想不到你也用上這個字了啊，」我略帶激動地說。

「對不起，先生，什麼字呀？」火雞一面問，一面彬彬有禮地擠進屏風後已經夠窄的空間，逼得我擠到巴托比身上去了。「什麼字呀，先生？」

「我寧可大家讓我一個人在這裡，」巴托比說，那語氣好像不高興大家去滋擾他的私家重地似的。

「『就是』這個字，火雞，」我說「──『就是』這字眼兒了。」

「哦，『寧可』呀？是啊──是怪字。我自己從來不用這字眼兒的。可是，先生，我剛才說的，只要他寧可──」

「火雞，」我打斷他的話，「請你出去一下。」

「哦，沒問題，先生，要是你寧可我出去的話。」

正當他拉開疊門要告退的時候，鐵手鎊從自己座位上瞥見了我，就問我，說有件公文，我寧可抄在藍紙上呢，還是抄在白紙上頭。他毫無取鬧的意思強調「寧可」這字眼。顯然，它是漫不經意從他嘴頭溜出來的。我自忖道，多多少少，這狂人如果沒有扭歪我和雇員們的頭腦，至少已經扭曲了我們的舌頭；我非打發他走路不行了。但我又想，為慎重起見，還是不宜立刻透露解雇的事。

第二天，我發現巴托比除了站在窗口，面對死壁沉思冥想之外，什麼也不做。問他為什麼不抄稿，他說他已經決定不再抄稿了。

「為什麼呢？現在又怎麼啦？下一步又怎麼樣呢？」我嚷起來，「不再抄稿了哪？」

「不了。」

「那是為什麼呢？」

「你自己還看不出為什麼嗎？」他冷然答道。

我定睛注視著他，才發覺他雙眼黯然無光，蒙著一層翳。我立刻想起，來我事務所的頭幾個星期，他在幽暗的窗口抄錄公文時那種無與倫比的勤奮，很可能暫時損害了他的視力了。

我很感動。我說了些安慰他的話。我委婉指出，他能停止抄寫一個時期，當然是明智之舉；同時慫恿他，要把握這機會去光天化日之下做一點健身的運動。這件事，他卻不肯照做。過了幾天，正好別的雇員不在，又十分急於要郵寄一些信件，我想巴托比既然沒有什麼其他俗務要辦，這時總不至於像平時那麼死板，應該可以把這些信送去郵局了吧。不料他竟一口拒絕。所以，真不方便，只好我自己去了。

又過了好幾天。巴托比的眼睛究竟好轉了沒有，我無法確定。就我所見，我想是好轉了。可是我問他是否好轉了的時候，他不肯賜答。總之，他什麼也不肯抄寫。最後，給我逼急了，他才告訴我說，他已經永遠放棄抄寫工作了。

「什麼！」我嚷起來；「假定你的眼睛完全好了——比從前好得多的時候——你不願意再抄寫嗎？」

「我已經放棄抄寫工作了，」他說罷，便悄悄走開。

他仍像從前一樣，盤據在我的事務所裡，成為牢不可拔的一部分。不然——如果那是可能的話——他簡直比以前更穩若磐石了。該怎麼辦呢？他在辦公室裡什麼也不肯做；他憑什麼要賴在這裡呢？說明白了，他現在已經變成套在我頸上的石磨了，當項鍊裝飾吧一無用處，但拖在身上又重得難受。而同時我還為他難過。當我說，即使為他本身著想，他也令我耿耿不安的時候，我尚未表真情於萬一。只要他肯說出一個親人或朋友的名字，我願意立刻去信催他們來，把這可憐人帶去一個方便退休的地方。偏偏他似乎孑然一身，天地之大，唯餘他一人。像一隻遇難的破船，飄在大西洋中央。最後，我的需要加上業務，壓倒了其他一切考慮。我盡量做得很體面，通知巴托比說，六天之內他必須無條件地離開這事務所。我警告他說，在這期間，他必須設法另找寓所。只要他自己肯動手準備遷出，在這方面我甘願幫他的忙。「你最後走的時候，巴托比，」我加上一句，「我負責不讓你一文不名就離開。從此刻算起，六天，記住。」

六天到期，我向屏風背後一張，看到巴托比還在裡面！

我把衣服一整，身子一挺，慢慢向他走去，按住他的肩頭說，「時限到了，你得離開這兒了，我很同情你，錢你拿去，可是你一定得走。」

「我寧可不走，」他說著，仍然背向著我。

「你『一定』得走。」

他不做聲。

我對這個人起碼的誠實具有無限的信心。他經常將我不慎掉在地板上的六辨士和先令等零幣拾還給我，因為我在這種瑣事方面總是粗心大意。所以下面發生的事情也就不能認為怎麼少見了。

「巴托比，」我說，「我還要付你十二塊錢；這裡是三十二塊錢，額外的二十塊送你——你收下好吧？」我把鈔票遞給他。

可是他沒有動靜。

「那我就留在這兒了啊，」說著我就把鈔票壓在桌子上一塊鎮紙的下面。於是我拿起帽子和手杖，走到門口，靜靜地轉過身去，再囑付他說——「把你的東西都搬出去之後，巴托比，你一定要把門鎖上——除了你，現在大家全下班了——還要請你把鑰匙塞到門墊子下面去，明天早上我才能開門。我再見不到你了，要向你告別了。今後你搬到新的住址，如果還有我可以效勞的地方，千萬寫信告訴我。就此告別了，巴托比，你自己保重。」

可是他一句話也不回答；恍若廟宇的廢墟上遺下的最後一根石柱那樣，他一直站著，沉默而且孤獨，在除他之外人已散盡的房間中央。

等到我滿懷哀思踏上歸途，我的虛榮竟勝過了憐憫。把打發巴托比走路這件事處理得這麼乾淨俐落，我不由得不十分沾沾自喜。我稱之為乾淨俐落；對於不動感情的任何人來說，也顯然必作此想。我的動作做得漂亮，似乎就因為我做得不動聲色，到了天衣無縫的程度。沒有世俗的盛氣凌人，沒有任何形式的虛聲恫嚇，沒有怒氣沖沖的叫囂謾罵，加上從房間這頭昂首闊步到那頭，猝然暴發命令，叫巴托比捲起他討飯的鋪蓋快滾出去。才不那麼俗氣呢。非但沒有大聲疾呼要他走路——才氣稍遜的人才會那麼做——我首先就「假定」他已經非走不可了；然後我必須要講的話，就以那假定為根據。我愈檢討自己的處置方式，就愈感到洋洋自得。可是等到次晨一覺醒來，我又有了疑慮——不知怎的，我睡了一覺，虛榮的濁氣就一掃而光了。一個人最冷靜清明的時間之一，就是在早上剛醒過來那一刻。這時，我的處置方式似乎仍是明智之舉——只就理論上看來是如此。實踐上會有什麼後果呢——難就難在這裡了。假定巴托比會離開，確是美妙的想法；可是，說來說去，這假定純然是我自己的想法，而非巴托比的。要點不在我是否假定他會離開，而在他是否寧可那麼照做。他這個人，是寧可這樣寧可那樣，而不是假定這樣假定那樣的。

吃過早飯，我一面走進城去，一面忽正忽反地推敲巴托比離去的可能性。一會兒我認為結果必然是慘重的失算，必然發現巴托比仍舊活生生出現在我辦公室裡；一會兒又好像有把握看見他人去椅空。我就這麼三心兩意想著。走到百老匯大道和運河街的轉角上，我看見一群極為激動的路人，正站在那裡熱烈地交談。

「我敢打賭說，他不會的，」我身邊一個聲音說。

「不會走？──行！」我說，「把你的錢拿出來。」

我正不假思索地伸手到袋裡去掏賭注，忽然想起這原是選舉日啊。剛才我無意間聽到的這句話，根本和巴托比無關，而是說某位市長候選人會不會成功。我在自己的深思之中，當真幻想整條百老匯大道都與我同樣激動，而且在和我爭論相同的問題。我向前走去，滿心感謝喧囂的市聲遮掩了我一時的心神恍惚。

我有意比平時早到辦公室門口。我站著傾聽了一下。全無聲息。他一定是走了。我扭了一扭門的把手。門是鎖著的。不錯，我的應付之道已經靈驗了；他一定真的走了。但是我的心情卻帶點悲哀：我幾乎為自己這了不起的成功感到難過了。我向門墊子下面取巴托比為我留下的鑰匙，無意間膝蓋撞到了一塊嵌板，發出了叫門的聲音，立刻，從裡面就傳來了回音——「等一下，我還沒好。」

正是巴托比。

我簡直嚇呆了。一時我站在那裡，就像多年前在維基尼亞，一個晴朗無雲的下午，有個人正好好抽著菸斗，竟無端被夏雷殛斃那樣；他就死在自己那面開著的、悶熱的窗口，在夢也似的下午，一直倚在那裡，直到有人來搖他的時候，才倒了下去。

「還沒有走！」最後我才咕出這麼一句。那莫測高深的錄事對我具有的莫名其妙的控制力，我再發怒也無法完全掙脫的這股控制力，再度震懾住我；我緩緩下了樓走到街上，一面繞著大廈四周的街走，一面考慮下一步該如何應付這件史無前例的迷局。用武力趕他出去吧，我做不出來；痛罵他一頓趕他出去吧，也不好；召警吧，多令人不快的念頭；可是，就讓他這個形容枯槁的人戰勝我——這，我也心有不甘。該怎麼辦呢？或者，無法可施的話，對於這件事情我還能進一步作什麼「假定」呢？對了，正如昨天我曾經在預料之中，假定巴托比要走，現在我也可以緬懷一番，假定他早已走了。為了合乎邏輯地證實這項假定，我應該十分匆忙地走進辦公室，裝做根本沒見到巴托比那樣，只當他是空氣，朝他直衝過去。這種舉動，在一個程度上，就有把問題了結的模樣了。

巴托比絕對抵抗不了我這樣去運用假定的法則的。可是重加考慮之後，這計策能否成功，似乎有點問題。我決定，就這件事，再和他講一次理。

「巴托比，」我走進辦公室，用一種安靜的冷峻神色說，「我真是不高興了。我真難過，巴托比。我以為你不至於這樣的。我一直認為你天生是個君子，遇到任何微妙的左右為難的事情，小小一個暗示就夠了——總而言之，這只是一個假定。可是看來我是受騙了。咦，」我不由一震，說下去，「你連碰都還沒碰那疊錢呢，」說著我指指那錢；它還放在我昨晚留下來那地方。

他不回答。

「你到底要不要走？」我逼近他，忽然大發脾氣問道。

「我寧可『不』走，」他微微加重「不」字答道。

「你憑什麼權利留在這裡呢？你付房租嗎？你為我繳稅嗎？這份產業是你的嗎？」

他不回答。

「你現在是不是準備繼續抄寫了呢？你的眼睛好了沒有呢？今天早上你可以為我

抄一件小公事，或者幫著校對幾行，或者到轉角的郵局去走一趟了吧，總而言之，為了找個藉口讓你拒絕離開這事務所，你到底打不打算做一點事呢？」

他悄然退入自己的隱士居。

我現在已經進入如此急迫難抑的憎惡心境，一想，為慎重計，還是暫時忍下來，不要發作下去為宜。只有巴托比和我在辦公室裡。我記起不幸的亞當斯和更不幸的柯爾特在後者幽僻的辦公室裡造成的悲劇；記起當時可憐的柯爾特如何被亞當斯刺激過度，一時不慎大發狂怒，竟不自覺地匆匆犯下致命的大錯——確然這錯誤的舉動沒有誰比犯者自己更悔恨的了。在反覆思考這案件的時候，我常會這麼想：假如當時那場爭執是發生在大街上或私人住宅裡的話，結局應該不至於那樣吧。原因還是那環境：在一座完全為妻子兒女沾汙了的大廈裡，在樓上一間偏僻的辦公室裡兩相對峙，而那辦公室呢，無疑是沒鋪地氈，一副滿布塵埃了無生氣的樣子——一定是這個原因，大大地助長了可悲的柯爾特情急行凶的。

但是當這種原罪中的憎恨，在我心中興起，而且引誘我去對付巴托比的時候，我即和它搏鬥，且壓倒了它。怎麼會呢？哪，只因為我記起了這項神諭：「吾欲告諭爾等一新誡條，即爾等當相親相愛。」對了，就是這條神諭拯救了我。除了更高的理想不說，慈悲為懷至少常可視為一種極為明智與謹慎的原則來運用——對於抱此胸懷的人確是一大自衛之道。人犯下殺人之罪，不外是為妒忌，為憤怒，為仇恨，為自私，或為心靈之自尊；可是從未有人，據我所知，竟會因甘美的慈悲去犯凶頑的殺人罪啊。所以，即使喚不起更好的動機，僅僅為了自己的利益，所有的人，尤其是性情躁烈的人，都應該勉力學習慈悲與博愛。無論如何，在目前這場合，我用善意去諒解這位錄事的行為，才算努力抑止了我對他的激怒之情。可憐人啊可憐人！我這麼想，他是無心的；何況他經歷了多少困苦了，也該受到一點寬容吧。

同時我也嘗試立刻開始工作，並且一舒自己的沮喪之情。我試著幻想，一整個上午，碰上巴托比覺得合適的時候，他也許會心甘情願地從他的隱士居中出現，而且朝辦公室門口那方向毅然採取一條路線前進。可是沒有。到了十二點半了：火雞開始臉上發燒，撞翻墨水瓶，而且變得處處無理取鬧；鐵手銬卻已平靜下來，變得安靜而文雅；薑果兒正在嚼他當午餐吃的蘋果；巴托比卻還站在窗口，墜入了他對死壁最出神的一種冥思。這件事能令人相信嗎？我該不該加以承認呢？當天下午我離開辦公室的時候，沒有對他再說一句話。

又過了幾天；這其間，我每有餘暇就稍稍瀏覽《愛德華茲論意志》[7]和《普禮思德利論定數》[8]。在目前的處境之中，這些書使我心安神怡。我漸漸相信，自己因這位錄事而生的種種煩惱，都是冥冥中前世注定的，巴托比之所以選上我來供他住宿，則是出於一位萬能之神莫測高深之天意，而這，就不是像我這樣的凡人所能參識的了。好吧，巴托比，我想道，就在你屏風後面住下去吧；我不會再來逼你了；你和這些舊椅子之中的任何一張一樣，既不礙事，又不出聲；總而言之，我的感覺，反而因為知道你也在這裡，更顯得無所拘束。終於我見到，感到，我覷破了自己命中注定的使命。我心滿意足。別人也許有更崇高的角色好演，可是我在這世上的使命，巴托比，只是供你辦公室的一角，讓你愛住多久就住多久。

7 愛德華茲（Jonathan Edwards, 1703-1758），美國獨立運動前最偉大之思想家與神學家。此處所述作品，可能指其一七五四年所著*An Inquiry into the Modern Prevailing Notions Respecting that Freedom of the Will Which Is Supposed to be Essential to Moral Agency.*請參閱今日世界社出版「名家散文選讀」第一、二卷。

8 普禮思德利（Joseph Priestley, 1733-1804），英國名牧師，哲學家，化學家，晚年寓居美國以終。

我相信，要不是到事務所來訪的法界朋友擅自用刻薄話橫加於我的話，則我會一直保持這種明智多福的心境的。但世間事常是如此：和狹窄的頭腦相接日久，終會磨損開闊心胸的最佳決定。進入我辦公室的外人，不免要注意到難以說明的巴托比那古怪的現象，因此也就忍不住口出惡言牽涉到他，當然，細細想來，這也不足為奇。有時候一位律師和我有業務上的來往，來我辦公室找我，只發現那位錄事一個人在那裡，當然免不了要向他打聽我確實在什麼地方；可是巴托比一直毫無動靜地站在房間正中央，根本不理會人家的廢話。結果那律師打量了他那立著的背影一陣子之後，只好離去，算是白跑了一趟。

此外，遇到訴訟案子正進行的時候，房裡擠滿了律師和證人，業務非常繁忙，在場大忙特忙的什麼法界人士，瞥見巴托比完全閒著，免不了就會請他跑一趟，去那法界人士自己的辦公室取幾件公文來。聽了這話，巴托比會靜靜地拒絕人家，卻仍閒立如前。於是那律師就大大地瞪了他一陣，接著轉身看著我。我又能說些什麼呢？終於我意會到，在法界熟人的圈子裡，正流傳著一片交頭接耳、嘖嘖稱奇之聲，所談的無非是我在辦公室裡養了一個怪物。這件事使我非常煩惱。我漸漸考慮到：他說不定結果會很長命，一直在我事務所裡住下去，又不聽我指揮；說不定他就這樣一直困惑我的客人，敗壞我在法界的清譽，而且把整個事務所籠罩在一大片陰鬱之中；說不定就靠他的積蓄（因為他無疑地每天只用半毛錢）一直這麼賴活下去，到頭來還可能看我先死，就憑他日夜不斷地占在這裡這事實，宣稱他有權接收我這事務所呢：這一切陰森森的預料愈來愈壓積在我心頭，加上我的朋友不斷用他們對我室中魅影的無情評語來逼我，我內心便起了重大的變化。我下定決心，要竭盡一切力量，一勞永逸地趕走這忍無可忍的惡魔。

可是，在考慮達到這目標的任何複雜計畫之前，我首先對巴托比僅僅暗示，要他永遠離去，是合情合理的事。我用安靜然而嚴肅的語氣，請他對這個意見作慎重而周詳的思考。然而花了三天工夫潛思冥想之後，他卻通知我說，他原有的決定是不變的；總而言之，他還是寧可和我住下去。

我要怎麼辦呢？我在扣外套上所有的扣子時，對自己說道。我要怎麼呢，我應該怎麼辦呢？我的良心對我說應該如何處置這個人，或者不如說，這個鬼呢？趕，我是一定要趕的；走，他也一定要走的。可是怎麼個趕法呢？你總不至於趕他，這蒼白、消沉的可憐蟲——你總不至於把這麼一個無告無助的人趕出門去吧？你總不至於做出這種狠事來辱沒自己吧？不，我不願，我也不能這麼做。我寧願讓他生於斯死於斯，最後將他的遺骸用磚砌在牆裡。那麼，你該怎麼辦呢？哄來騙去，他動都不動一下。賄賂呢，他放在你桌子上，壓在你自己的鎮紙下面；總而言之，很顯然，他寧可纏住你啦。

那就不得不採取嚴厲而特殊的行動了。怎麼呢！你總不至於任他給警察扭著衣領一把帶走，把他無辜的蒼白交付給下流的牢獄吧？而且憑什麼理由你可以採取這樣的手段呢？說他是流氓，他是否流氓呢？什麼！守在這裡動都不動一下，他算是個流氓，浪子嗎？那麼，你是因為他「不」肯做流浪漢才稱他「為」流浪漢了。那是太悖情理了。說他提不出維持生活的方式好了：這下我抓住他了。又不對啊：因為無可懷疑地他「確是」在維持自己的生活，而一個人能表現出這一點，便是他具有維生本領的唯一無法否定的明證。那就算了吧。既然他不願離開我，我就必須離開他。我可以換辦公室；我可以搬到別處去，天公地道先給他個通知，說萬一我在新址再發現他的話，我就要把他當侵犯私產的普通人來告發他了。

想到就做，第二天我這麼對他說：「我發現這間事務所離市政府太遠了；空氣也不乾淨。總之我計畫下禮拜就把辦公室搬走，不再需要你工作了。現在我預先通知你，好讓你另找地方。」

他不回答，我也沒有再多說下去。

到了預定的日子，我雇了馬車和工人前往事務所，由於家具不多，不到幾小時就搬完了。我命令工人最後才搬那扇屏風；那錄事始終站在屏風後面。屏風撤掉了，摺疊起來像一大張對摺的紙，留下他無聲無息地獨對空房。我站在門口望了他一陣子，內心忽然受到什麼東西的指責。

我折回房中，手插在口袋裡——而且——而且心卜卜地跳。

「再見了，巴托比；我走了——再見了，無論怎樣，上帝保祐你；這個你拿去，」說著把那東西輕輕塞在他手裡。可是它掉在地板上，然後——說也奇怪——我一直希望擺脫的這個人，居然硬起心腸才算離開了他。

在新址安頓下來之後，開頭的一兩天我一直把門鎖上，每聽到走廊上有腳步聲，就會一驚。每次離開了一會兒工夫，重新回到辦公室，我總不免在門前停頓一下，側耳細聽之後，才插進鑰匙。可是這些都是虛驚罷了。巴托比根本沒有出現。

我正以為一切都很順利的時候，忽然來了一個神色倉皇的陌生人，問我是否剛從華爾街某號的事務所搬過來的。

滿心驚疑，我回答說是的。

「那麼，先生，」後來發現是一位律師的那位陌生人說，「你留在那邊的那個人，該你負責。他什麼也不肯抄，什麼也不肯做；他說他寧可不做，還又不肯離開辦公室。」

「非常抱歉，先生，」我說時裝得神態自若，儘管滿心慌亂，「事實上，你提到的這個人跟我毫不相干——他既非我的親戚，又非我的學徒，你卻要我為他負責。」

「我的老天，他到底是什麼人呢？」

「我根本沒辦法告訴你。我對他一無所知。以前我雇他做過錄事，可是他已經有好一陣子沒跟我做事了。」

「那我來解決他好了——再見，先生。」

過了幾天，我再沒聽見什麼動靜；雖然我不時感到悲憫的衝動，想回去那地方看看不幸的巴托比，但是有一種過慮，不知道對什麼的過慮，令我裹足不前。

又過了一個星期沒有聽到什麼消息，我終於想，現在，巴托比這件事總算完全結束了。不料第二天去上班的時候，我竟發現好幾個人等在我門口，神色極為不安、激動。

「就是那個人——他來了，」站在最前面的那個人叫起來；我認出就是上次一個人來找我的那個律師。

「先生，你一定得馬上帶他走，」其中一位胖子也叫道，一面還朝我走過來；我認得他，是華爾街那房子的房東。「這幾位先生，我的這幾位房客，再也受不了了；貝先生，」指著那位律師，「已經把他趕出辦公室，可是現在他卻賴在那座樓房上，到處神出鬼沒，白天坐在樓梯的扶手上，夜裡就睡在進口的地方。大家都很擔心；顧客都不上門了；真怕會有群眾來鬧事呢。你一定要想個辦法，不能再拖了。」

面對眾口滔滔，我駭然莫能抗拒，恨不得把自己鎖在新的辦公室裡。我徒然堅稱巴托比與我無關——就如跟別人無關一樣。等於白說——既然知道我是最後跟他發生關係的人，他們就認定我應該負這可怕的責任。我深恐名字會張揚到報紙上去（在場有一個人已經這樣隱隱地恐嚇我了），經過考慮之後，終於說，如果那位律師肯讓我在他自己的辦公室裡私下跟那錄事見一見面的話，我願意就在當天下午盡我所能，為他們把大家埋怨的這個厭物趕走。

我攀上通向我老巢的樓梯，果然巴托比一聲不響坐在兩節樓梯轉角處的欄杆上。

「你在這兒幹什麼啊，巴托比？」我說。

「坐在欄杆上面，」他低聲答道。

我揮手召他到那律師房間裡去；律師跟著離室而去。

「巴托比，」我說，「人家把你趕出辦公室，你還賴在進口的地方不走，你知不知道你這樣為我惹來多大的麻煩嗎？」

沒有回答。

「現在有兩種情形，其中的一種是必然出現的。不然就是你自己得幹點什麼事，不然就讓人家來對付你了。哪，你喜歡哪一類工作呢？你願意再回去為人家抄寫嗎？」

「不，我寧可不改變什麼。」

「你喜歡去布店裡做店員嗎？」

「那差事太拘束了。不，我不喜歡做店員；可是我也無所謂。」

「太拘束了，」我叫起來，「那你為什麼一直把自己閉居在這裡！」

「我寧可不做店員，」他回答說，好像一下子就解決了那小問題似的。

「那做個酒保好不好呢？做酒保不傷眼睛的。」

「我一點也不喜歡；當然，我說過，我也無所謂。」

他這種難得的健談給我鼓勵。我再度向他進迫。

「好吧，那你可喜歡到處走動，為商家行號去收帳呢？這對你健康會有好處的。」

「不，我寧可做點別的事。」

「那麼，做人家的遊伴去歐洲，陪一個年輕的公子聊聊天，使他開開心——這樣好不好呢？」

「才不。我覺得做這種事，缺少固定的東西。我喜歡守著不動。可是我也無所謂。」

「好吧，保你動不了就是了，」我很不耐煩地叫道，在我跟他惱人的交往之中，首次近乎大發雷霆了。「要是你在天黑以前不離開這座大樓，我覺得我只好——一點兒也不錯，我『是』只好——嗯——嗯——只好自己離開了！」我的結論實在有點不通，因為我真不知道該怎麼威脅他，才能使他那固執勁兒嚇得就範。進一步的努力既都似告無望，我正準備斷然捨他而去，忽然動了最後的念頭——這念頭以前並不是毫末起過。

「巴托比，」我用自己在目前這激動的場合把握得住的最親切的語調說道，「你現在跟我回去好不好？——不是回我辦公室，而是回我的寓所——就暫住在我那裡，到我們從從容容決定了如何把你安排妥當再說，怎麼樣？來吧，我們這就動身，趕快。」

「不，目前我寧可什麼也不變動。」

我一聲不哼，只管疾然飛逃，巧妙地避開每一個人，從那大樓奪路而走，沿著華爾街直奔百老匯大道，跳上了第一輛公共汽車，頓時就無人能追上我了。等到恢復了平靜的時候，我才明白地感到，無論是對於那房東和他那些房客的要求，或是對於我嘗試救助巴托比並使他免於虐待的心願和責任感而言，我現在都已竭盡我一切能力了。現在我力求達到完全輕鬆而恬靜的心境，我的良心也認為我這嘗試是對的，當然實際上結果不如我希望的那麼成功。我真怕再度為那激動的房東和他那些憤怒的房客所尋獲，遂將業務暫交鐵手鎊去代理幾天，而我自己則駕著我的「洛克威」[9]在城北和四郊駛來逛去，然後渡河去澤西城與賀伯肯，並且偶然到曼哈頓市與艾斯陀利亞去。事實上，我幾乎等於暫以我的「洛克威」為家了。

等到我重新回到自己辦公室時，瞧，桌上正放著房東的一紙通知信。我雙手顫抖將信拆開。寫信的人通知我說，他已經報了警，召警將巴托比當做流浪漢解去「墓地」監獄了。此外，因為有關此人種種，我所知者多於他人，房東希望我能前往該處，對事實經過作一適當之說明云云。這消息使我的心情矛盾。開始我大怒，可是最後我幾乎贊成了。那房東剛毅而乾脆的性格，使他採取了我自認不會斷然擔當的行動；然而在這種奇特的處境下，終於出此下策，似乎也是唯一的辦法了。

事後我才得知，當時那可憐的錄事聽說他必須給押解到「墓地」監獄去，一點也不抗拒，只是以他蒼白淡漠的神態悄然就範。

旁觀者之中，有幾位富於同情且好奇的，就跟在後頭；於是，在一位警察挽著巴托比手臂的帶頭之下，這沉默的行列，在午間喧譁的通衢大道一切的市聲、炎熱和歡愉之間，列隊穿越而過。

接到通知的當天，我就逕去那「墓地」，或者說得妥切些，去了法院。找到了主管

9 洛克威（rockaway），美國四輪輕便馬車名，在新澤西州洛克威城製造。

的獄吏，我說明來意，他即告訴我說，我形容的這位犯人確是在監牢裡。於是我向那官員保證，說巴托比為人絕對誠實，很值得同情，就是古怪得難以解釋罷了。我將自己知道的一切加以敘述，最後並建議獄方盡量放寬對他的監禁，等到有比較溫和的處置方式時再說——雖然，老實說，我根本不知道那會是什麼方式。無論如何，萬一沒有更好的決策，救濟院總可以收容他啊。接著我便要求見他一面。

由於他並無什麼大不了的罪名，而且一切舉止又都十分鎮定、柔馴，獄方一直准許他在獄中，特別是圍牆中間鋪了一方方小草坪的幾個院子裡，到處自由走動。果然我發現他孤伶伶一個人對著一面高牆，站在院子裡最僻靜的地方，而四面八方，從狹細的獄窗裡面，我想我看到許多殺人犯和竊賊的眼睛正向他窺張。

「巴托比！」

「我知道是你，」他說著，並不回過身來——「我沒有什麼話跟你說。」

「不是我害你來這裡的，巴托比，」由於他語含猜疑，我極為難過地說。「對你說來，這也不能算太糟的地方啊。送你來這裡，也沒有加你什麼罪名。你看，這地方並不如想像中那麼糟糕。瞧，上有青天，下有青草呢。」

「我知道這是什麼地方，」他答罷，不願再多說，所以我就走了。

我走回廊上的時候，一個腰繫圍裙闊大肥胖的漢子向我搭訕，用他的拇指向背後一指說，「那是你的朋友吧？」

「是呀。」

「他想餓死不成？想挨餓，就讓他靠牢裡的伙食過日子好了，沒別的意思。」

「你是什麼人？」我問道，對於在這種地方講這種私己話的這傢伙，不曉得該怎麼對付才好。

「我是個送飯的。有朋友關在這裡的爺們，雇我為他們的朋友供應些好吃的。」

「真的嗎？」我說著，轉身去看獄吏。

獄吏說是的。

「那好吧，」我塞了一把銀幣到那「送飯的」（大家都這麼稱呼他的）手裡，說，「我要你特別關照我這位朋友；盡可能給他送最好的飯菜。還有，要盡量對他客客氣氣的。」

「幫我介紹一下，行嗎？」那送飯的說著，望我的那副表情，好像在說，他急於找機會示範一下自己的教養似的。

一想這對錄事會有好處，我同意了；問罷送飯的叫什麼名字，便帶他去見巴托比。

「巴托比，這是割來吃先生；他會幫你的大忙的。」

「在下一定效勞，先生，在下一定效勞，」說著那送飯的彎著繫圍裙的腰深深一鞠躬。「希望您在這兒過得愉快，先生；這地帶不壞——房間也清爽——希望您會在我們這兒住一段時期——盡量住得舒舒服服的。今天您想吃些什麼菜呢？」

「今天我寧可不用飯，」巴托比說罷，掉頭走開。「吃了我會不舒服；我吃不慣大菜的。」一面說，他一面緩步踱向院子的另一端，面對死壁站定下來。

「這是怎麼回事兒呢？」送飯的朝我愕然瞪眼說。「他是個怪人，對嗎？」

「我想他是有點神經錯亂，」我淒然說。

「神經錯亂？是神經錯亂嗎？嗯哼，說真的，我還只當您這位朋友是個偽造文書的先生呢；那些偽造文書的，總是白淨臉兒，舉動斯斯文文的。我真可憐他們——真的，先生。您認得孟羅・愛德華茲吧？」他激昂地補上一句，隨即又住口。然後他哀戚地用手一按我肩頭，嗟歎道，「他生肺癆死在新新[10]。原來你不認識孟羅啊？」

「不認識，我跟偽造文書的人向不來往。我不能再待下去了。好好照料我那個朋友。你不會吃虧的。我會再來看你。」

這事過後沒有幾天，我再度獲准去「墓地」探監，走遍了走廊找他，沒有找到。

「剛才還見他從牢房裡出來的，」一位獄吏說，「說不定去院子裡散步去了。」

我遂朝那方向走去。

「你是找那個悶聲不響的人啊？」迎面走來的另一位獄吏說。「他躺在那兒——就睡在那邊院子裡。我看到他躺下來，還不到二十分鐘呢。」

那院子十分寂靜。普通的囚犯是進不來的。四周厚得驚人的圍牆，將一切聲音全堵絕在牆外。埃及風格的砌造樣式，陰沉沉地壓在我心頭。但是圍在中間，有一片柔細的草地，在腳下滋生。倒像是永恆的金字塔內部，在那裡，由於一種奇妙的魔法，有一粒草種，從鳥口中落下，透過一些石隙，竟茁長了起來。

10 新新（Sing Sing），紐約州監獄之名。

我看見乾枯掉了的巴托比在牆腳下怪異地蜷做一堆，雙膝縮起，側身而臥，頭顱貼著冰冷的石頭。可是一無動靜。我停下步來；然後走攏上去，俯下身體，看見他黯淡的雙眼仍然張開；否則他就像沉沉入夢一般了。我心一動，伸手去摸他，我觸到他的手，忽然一陣寒顫沿臂而上，順著脊椎一直涼到我腳底。

這時那送飯的人圓面孔正向我探望。「他的飯菜好了。今天難道他又不吃飯嗎？他真的不靠吃飯活命啊？」

「不靠吃飯活命，」我說著，將他雙眼闔上。

「咦！——他睡著了，是不是啊？」

「與帝王卿相同夢，」我喃喃說。

＊　＊　＊　＊

這個故事本來似乎沒有什麼必要說下去了。憑想像就很容易補充不幸的巴托比怎麼安葬的簡單經過。可是在告別讀者之前，容我再說一句，就是如果這篇短短的敘述充分引起了他的興趣，且喚起他的好奇，想知道巴托比究竟是何許人，而在說故事的人認識他以前，究竟經歷過怎樣的生涯，那我只能回答他說，我也充滿同樣的好奇，但全然無法使他的好奇獲得滿足。那錄事死後幾個月，有一個小謠言傳來我耳裡，可是我簡直不知道該不該在此地加以透露。這謠言有什麼根據，我始終無法確定，所以它到底有多少真實性，我現在也不能奉告。可是，既然這曖昧的報導，悲慘儘管悲慘，對我卻不無蛛絲馬跡的興趣，則一些旁人也可能會有同感；所以我就簡述一下吧。據說：巴托比原來是華盛頓「死信處理局」的一名低級職員，後來局裡人事變動，就把他忽然解職了。我一尋思這樁謠言，簡直說不出心裡有多少感想。死信啊！聽起來不是像死人嗎？想想看，這麼一個人，天生已經不幸潛伏著蒼白無望的傾向，還有什麼職業比起經常處理這些死信並且分類焚化，似乎更易加劇這種傾向呢？因為年復一年，這些死信是一車復一車運去焚化的。偶爾從摺疊的信紙裡，這位蒼白的職員或者會檢出一枚指環——原來可以戴它的那隻手指也許已經在墓裡腐化了；或者是救急濟困的一張鈔票——待救的那人，現在不會吃東西也不會飢餓了；或者是一紙寬恕，祈求寬恕的人早死於絕望；或者是一線希望，需要希望的人已經無望而終；或者是一則喜訊，等候它的人已因久無轉機的災難鬱鬱以逝。奉了生之使命，這些信卻奔赴死亡。

啊，巴托比！啊，芸芸眾生！

《錄事巴托比》譯後

《錄事巴托比》是美國小說大師梅爾維爾中期的短篇故事。一八五三年十一月及十二月在《普特南月刊》（*Putnam's Monthly*）分期連載的時候，全名是《錄事巴托比：華爾街的故事》（*Bartleby the Scrivener: A Story of Wall Street*）。當時作者雖然只有三十四歲，他的大部分名作卻已經出版。關於這篇故事的來源，一說確有這麼一位律師事務所的錄事；一說是梅爾維爾自己的朋友艾德勒（Adler），因患有嚴重的畏曠症（agoraphobia，為相對於畏閉症之病症）而於同年十月囚入布路明代爾病院；一說是影射一八四一年柯爾特殺害亞當斯一案。

當然情節來源的種種揣測，和這個短篇的藝術評價並不相涉。這個短篇不但在梅爾維爾自己的作品裡是一個例外，即在十九世紀的整個美國文壇也不屬於任一類型。全篇一氣呵成，黑白對比，有如木刻版畫的撼人力量，恐怕要到果戈爾或杜斯陀也夫斯基的筆下，才能找到匹敵。

大致上說來，梅爾維爾的筆勢是屬於「韓潮」更甚於「蘇海」的。他的氣魄似乎宜於長篇而拘於小品，但《錄事巴托比》懸宕的氣氛卻直貫全文，甚且到篇終猶蜿蜒不斷。梅爾維爾和同時另一位小說大師霍桑曾為近鄰，在小說的藝術上也不免承受後者手法的影響，唯梅爾維爾的象徵有時似乎更含蓄，更豐盛。這個故事發生在華爾街；街而名牆壁，似乎就隱隱含有象徵的意味。其後巴托比一再隱身屏風之後，面對死壁之前，甚且既入牢獄，猶終日在十仞石壁之下面牆苦立，這些頻現的意象，交疊成十九世紀也是人類永久的孤絕（isolation）之感。錄事巴托比終於囚入獄中，但是當局卻無適切的罪名相加。說他是流浪漢吧，他朝夕自囚於一隅。說他是無力維生吧，他節衣縮食，自奉有餘。說他是狂人吧，他默默無言，既無取於人，亦無擾於人。他唯一的罪行，也許是不肯承認，人在世上，必須互賴以生。錄事巴托比拒絕抄錄文件，是他自取滅亡的開端。這件事也不無象徵的可能：錄事的任務是抄錄（copy，也含有抄襲、效顰、人云亦云之義），而抄錄，在形而上的廣義上說來，不也正是社會期之於個人的行為嗎？巴托比所作所為，只是形而下的獨來獨往（non-conformity）罷了。而在人類社會，究竟誰清誰濁，誰醒誰狂，只是一種相對的區分。有趣的一點是：律師事務所的另外兩位錄事，清醒的時間雖有不同，其為半狂之病則一。火雞病起午後，鐵手銬狂發午前，如此而已。

更有一點值得注意的是：這篇故事，雖然格局只寥寥三萬字，卻以喜劇始，而以悲劇終。卷首事務所三位雇員的出場，作者漫畫的手法，很有點狄更斯的味道；及巴托比出現，整個氣氛，在一件又一件細節的烘托之下，竟由喜劇漸漸凝結而成冰涼的悲劇，不，晶縮而成巴托比蜷臥的僵屍。

如果說巴托比和事務所其他三雇員是這個短篇的「外景」，則敘說人（也就是事務所的律師）的所思所惑，正可比擬為詩人霍普金斯所謂的「內景」（inscape）。在翻譯的過程之中，「外景」與「內景」同樣深深感動了我。名正言順，巴托比應該是這個短篇的「主角」；但敘說人是否僅僅算一個「配角」，卻非我所願確定。因為所敘對象雖然是巴托比，讀者真能深入的卻是敘說人的心靈。這世界，和本篇作品的讀者一樣，所見的似乎永遠只是巴托比孤寒的背影；但這位敘說人向我們剖開的，卻是他暖熱的心腸和赤誠的肝膽。那麼，這位律師代表的不但是一位悲天憫人的老闆，恐怕還是全人類不安的良心吧？

一九七〇年九月於丹佛

附註：《錄事巴托比》的中英對照本已於一九七二年八月由香港「今日世界社」出版，印刷精美，但校對略有謬誤。例如第二頁第六行的「多情的流淚」，便是「多情的心腸流淚」之誤。

錄事巴托比／老人與海
Bartleby, the Scrivener / The Old Man and the Sea

國家圖書館出版品預行編目（CIP）資料

錄事巴托比／老人與海／赫爾曼・梅爾維爾（Herman Melville），歐內斯特・海明威（Ernest Hemingway）著；余光中譯．-- 初版．-- 臺北市：九歌，2020.08
面；　公分．--（余光中作品集；29）
ISBN 978-986-450-305-6（平裝）

874.57　　　109009689

著　　者——赫爾曼・梅爾維爾（Herman Melville）／歐內斯特・海明威（Ernest Hemingway）
譯　　者——余光中
校　　訂——余幼珊
責任編輯——張晶惠
創 辦 人——蔡文甫
發 行 人——蔡澤玉
出　　版——九歌出版社有限公司
台北市 105 八德路 3 段 12 巷 57 弄 40 號
電話／02-25776564・傳真／02-25789205
郵政劃撥／0112295-1

九歌文學網　www.chiuko.com.tw

印　　刷——晨捷印製股份有限公司
法律顧問——龍躍天律師 ・ 蕭雄淋律師 ・ 董安丹律師
初　　版——2020 年 8 月
定　　價——260 元
書　　號——0110229
I S B N——978-986-450-305-6